鉴古诗 品药粥

经典文化与本草食养全民读本

丛书主编／陈永灿
编　　著／白　钰　郭　颖　张旻轶　陈印沁
丛书编委／（按姓氏笔画排序）
马凤岐　王恒苍
白　钰　任　莉
许　琳　杨益萍
吴　培　吴娟娟
张旻轶　陈金旭
范天田　郭　颖

上海科学技术出版社

图书在版编目(CIP)数据

鉴古诗　品药粥 / 白钰等编著. —上海：上海科学技术出版社，2019.10 (2025.8重印)
(经典文化与本草食养全民读本 / 陈永灿主编)
ISBN 978-7-5478-4569-1

Ⅰ.①鉴… Ⅱ.①白… Ⅲ.①古典诗歌—鉴赏—中国②粥—食物疗法 Ⅳ.①I207.2②R247.1

中国版本图书馆 CIP 数据核字(2019)第 196509 号

鉴古诗　品药粥
编著　白　钰　郭　颖　张旻轶　陈印沁

上海世纪出版(集团)有限公司
上海科学技术出版社 出版、发行
(上海市闵行区号景路159弄A座9F-10F)
邮政编码 201101　www.sstp.cn
河北晔盛亚印刷有限公司印刷
开本 889×1194　1/32　印张 4
字数：90 千字
2019 年 10 月第 1 版　2025 年 8 月第 2 次印刷
ISBN 978-7-5478-4569-1/R·1913
定价：45.00 元

前言

中医药学是我国传统的医学科学，也是中华经典文化的组成部分。习近平同志指出:“中医药学凝聚着深邃的哲学智慧和中华民族几千年的健康养生理念及其实践经验，是中国古代科学的瑰宝，也是打开中华文明宝库的钥匙。”我们要借古鉴今，守正出新，使中医药健康养生文化与现代社会生产生活相协调，将其以人们喜闻乐见、易于接受、广泛参与的形式，转化为人民群众的健康行为和生活方式。推动中医药健康养生文化的创造性转化、创新性发展，重在实践和养成相结合，达到外化中医健康养生理念于行、内化中华优秀文化价值于心的效果。

自古以来，中国人对于美食就有一种特殊情怀，如宋代大文豪苏东坡写下了诸如“雪沫乳花浮午盏，蓼茸蒿笋试春盘。人间有味是清欢”等称赞美食的千古名词。如何能够使美食与健康两相兼得呢？食养本草的出现给美食带来了一次华丽的蜕变，如苏东坡寻得“茯苓饼”的配方并制作食之:“茯苓去皮，捣罗，入少白蜜，为麨，杂胡麻食之，甚美。如此服食已多日，气力不衰，而痔渐退。”既饱了口腹之欲，又能够益气力，退痔疾。又如元代饮膳太医忽思慧“于本草内选无毒、无相反、可久食补益药物，与饮食相宜，调和五味。及每日所造珍品，御膳必须精制”，使得本草膳食登上大雅之堂，专供皇家食用。而现在，随着人们生活水平的不断提高，人们对美好生活的需求越来越高，期望吃得有品位、吃得更健康，本草膳食便可以满足人们的这种需求。

中医药学十分重视饮食调养与健康长寿的关系，唐代著名医学家孙思邈十分重视食养食疗，他在《备急千金要方》里写道："食能排邪而安藏府，悦神爽志以资血气。若能用食平疴，释情遣疾者，可谓良工。"清代著名养生家曹廷栋言"以方药治已病，不若以起居饮食调摄于未病"。运用食物与本草药物配伍制成膳食，可以达到养生保健、祛病延年的目的。这些膳食将食养本草融入其中，便具有中医简、便、廉、验的特色，还具备食品色、香、味、形的特点，它没有想象中药物的苦涩与克戕，只有独一份的清香与滋补，既增进人体健康，又令人回味无穷。

《经典文化与本草食养全民读本》中所选食养本草基本来自国家卫生部门认可的"按照传统既是食品又是中药材"的药食两用中药，根据其不同的特性，选取作为药膳、药茶、药酒、药粥、药点、补汤中的主药，形成六大类食养本草系列，分为六个分册，每册选取50种常用食养本草。通过挖掘本草书籍中有关食养本草的记载及古代先贤养生保健实践经验等，追本溯源，传承发展，充分展示食养本草的传统养生防病精华。

本书目录仿照《本草纲目》的编次方式，分为草部、花部、果部、菜部等类别。书中每一种食养本草均以古代诗文为引，鉴赏诗词，体悟食养本草形意之美；其次进行中医养生功效解读；最后介绍本草膳食的制作方法。希望大家在学习中医食养知识，更好更快地掌握本草食养方法的同时，接受中华经典文化的熏陶，在鉴赏古诗中认识本草，在品味药膳中实践养生，既可以享受健康快乐，又能够提升生活品质。需要特别指出的是，书中的本草食养膳品是食品，它们有助调节阴阳偏颇，优化心身状态，改善人群体质，对颐养健身有积极作用，但不能替代药品治疗疾病。

本书由浙江省立同德医院、浙江省中医药研究院陈永灿名老中医专家传承工作室团队通力合作，编著而成。书中所收载的本草、食材均为寻常之品，容易置备，方便操作，所搭配的药膳、药茶、药酒、药粥、药点、补汤图片也是团队成员自己拍摄的原创作品(除署名外)，力求切合实用，开卷有益。“纸上得来终觉浅，绝知此事要躬行”，我们将继续做中医药知识普及和中医药文化传播的践行者，把中医药健康送进更多家庭，造福更广人群。

陈永灿

2019年2月19日

于杭州西子湖畔

编辑推荐

经过的半年多的持续作战，《经典文化与本草食养全民读本》系列丛书中最后的一本——《鉴古诗　品药粥》也要付印了。

和前面几本一样，编辑部在图书的制作过程中邀请读者亲自下厨，做出了诸多让人垂涎三尺的药粥，请翻开书，慢慢欣赏吧。2019 年 8 月上海书展之际，这套丛书中有三本上市，受到了读者的热烈追捧。因为，这是大家参与创作、授权配图的新书呀，怎能不让亲朋好友们都来品评一下？真实体验、走进家庭、全民参与，这正是我们这套丛书策划的初衷之一。

有读者提出，各分册中有不少重复的食材，如黄芪、枸杞子、当归等，如果想用一种食材做各种药茶、补汤、药膳、药粥等，需要查询不同的分册，是不是将来能出一本集订本，以食材来分类，让需要的人能方便地各取所需？亲爱的读者，你们觉得这个提议怎么样？请加入真验方读者群，把意见和建议告诉编辑部吧！

“家庭真验方”是上海科学技术出版社旗下的一个中医科普品牌，看名字就知道，她倡导“家庭、真实”，本草食养系列走进家庭、人人可做、四季皆宜，将造福更多的大众。除《经典文化与本草食养全民读本》之外，我们还有其他精彩中医保健图书，读者群有很多有趣活动，养生达人们也会在读者群里分享他们的经验。

来吧，扫码加入我们！一起来亲身体验、分享中医药文化硕果。

目录

草部

花部

谷部

果部

木部

菜部

虫部

兽部

草部

黄　芪

黄芪煮粥荐春盘

孤灯照影夜漫漫，拈得花枝不忍看。
白发敧簪羞彩胜，黄耆煮粥荐春盘。
东方烹狗阳初动，南陌争牛卧作团。
老子从来兴不浅，向隅谁有满堂欢。
——宋·苏轼《立春日，病中邀安国，仍请率禹功同来。仆虽不能饮，当请成伯主会，某当杖策倚几于其间，观诸公醉笑，以拨滞闷也。二首·其一》

本诗乃诗人病中所做。前半首，孤灯只影，长夜漫漫，春花烂漫不入眼，白发敧簪无颜色，盘子里没有珍馐美味，只有药粥，心情无比低落。而面对生机勃勃的春天，诗人“从来兴不浅”，邀上好友，准备好春季的时令美食，与大家一起醉笑欢谈，心中的郁闷也一扫而光。后半首的盎然生机让人钦佩，东坡先生的豪放潇洒，就连在病中也不减毫分。苏轼不仅诗文一流，医理也颇为精通，“黄耆煮粥荐春盘”中的“黄耆”即黄芪，选用黄芪粥作为食疗方，可见他对黄芪补虚益元的功效是非常认可的。

黄芪对于许多人来说并不陌生。明代《本草纲目》中记载：“黄芪甘温纯阳，其用有五：补诸虚不足，一也；益元气，二也；壮脾胃，三也；去肌热，四也；排脓止痛、活血生血、内托阴疽，为疮家圣药，五也。”简而言之，黄芪具有补气升阳、益卫固表、利水消肿、托疮生肌的功效。上等黄芪的切片质地绵软，气味清香，可以感受到它缓缓的疏通之势，像大地一样柔和亲切而又充满力量。

黄芪中有效成分为皂苷和黄酮类物质，药理研究显示，黄芪煎剂和黄芪多糖能够促进蛋白质合成，从而增强免疫功能。黄芪还具有保肝、促进造血功能、抗心肌缺血、延缓衰老、抗病毒、抗肿瘤等作用。

芪参小米粥

【材料】炙黄芪15克，党参15克，小米150克，冰糖适量。

【做法】炙黄芪、党参洗净，浸泡1小时，小米淘洗干净。锅中加入适量水，放入炙黄芪、党参煎煮2次，去渣留汁。将小米放入汤汁中，熬煮成粥，放入冰糖调味即可。

本粥具有补中益气、健脾助运的功效。适合肺脾气虚引起少气懒言、自汗气短、食欲不振、大便溏软等人群以及易患感冒者食用。

［黄芪鳝鱼粥／丹心·上海］

黄芪鳝鱼粥

【材料】黄芪15克，鳝鱼150克，粳米150克，料酒、葱末、姜末、盐各适量。

【做法】黄芪洗净，鳝鱼去除内脏，去骨切丝，用料酒腌制10分钟。粳米洗净，浸泡1小时。锅中加入适量水，放入黄芪煎煮2次，去渣留汁。将鳝鱼丝、粳米、姜末、葱末放入药汁中，共同煮成粥，加入盐调味即可。

本药粥具有益气血、补肝肾的功效。适合气血亏虚引起头昏乏力、面色不华、食少纳差、体虚痔疮出血等人群食用。对产后虚弱的女性所出现的多汗、乳汁不足等也有较好作用。

葛　根

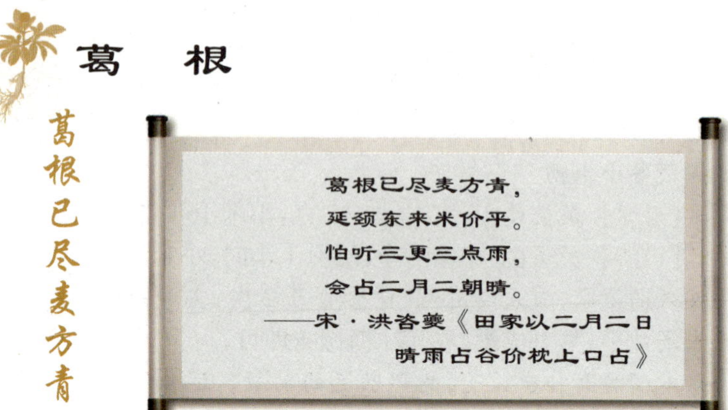

这首诗直截了当、平铺直叙：葛根已经凋零，田里的麦子还只是青翠一片，我祈望东来的米价会便宜一些。我害怕半夜三更下雨，这样糟糕的天气，老百姓的日子就更加难过了。诗人洪咨夔为人正直敢言，像这样直接反映农民生活疾苦的诗句并不少见，足见其十分同情人民。他善于描写农村景物，如描绘牧童“秃穿犊鼻迎风去，横坐牛腰趁草行”(《夏至过东市》其一)，笔调清新、生活气息浓厚。诗中的“葛根”即是可作食用的中药材。

相传，葛根最早是被东晋著名医学家葛洪发现的，其弟子炼丹时染丹毒，躯体出现红疹等症状，葛洪试用多种草药均不见效。一天夜里，他梦见三清道祖为他指点迷津：“此山深处长有一青藤，根如白茹，渣似丝麻，榨出的白液，清透中略带甘甜，可解丹毒。”次日，葛洪果然找到青藤根，其弟子得救。山下人按葛洪的指点，上山采挖青藤清凉解毒，食用充饥。因青藤为葛洪发现，故被命名为“葛”，而葛的根部则被称之为“葛根”。中医学认为，葛根具有发表解肌、升阳透疹、解热生津的功效，主治外感发热、头颈痛强、麻疹透发不畅、热病口渴等。《神农本草经》记载其：“主消渴、身大热、呕吐、诸痹，起阴气，解诸毒。”葛根是老少皆宜的滋补品，有“千年人参”的美誉，常食能增强体质，延缓衰老。

现代研究表明，葛根有助于治疗学习记忆障碍，具有防癌抗癌和雌激素样作用；可助女性养颜，调理更年期综合征；并能改善便秘、保护心脏、解酒护肝等。

葛根薄荷粥

【材料】葛根 15 克，薄荷 12 克，金银花 12 克，粳米 120 克，蜂蜜 6 勺。

【做法】葛根洗净，稍敲成碎块，与金银花、薄荷一同煎汤，去渣取汁。粳米淘洗干净，放入汤汁中武火煮沸，转文火继续熬煮成粥，关火，晾至粥温热时，调入蜂蜜食用即可。

本药粥具有清热解毒的功效。适合时有口腔溃疡、口干咽燥、咽喉肿痛的人群食用。

［葛根乌梅粥］

葛根乌梅粥

【材料】葛根 12 克，乌梅 6 颗，粳米 120 克，冰糖 30 克。

【做法】葛根洗净，放入锅中煎汤，去渣取汁。粳米淘洗干净，放入水中浸泡 2 小时。锅中倒入葛根汁，加入粳米、适量水，武火煮沸，转文火，加入乌梅、冰糖，熬煮成粥即可。

本药粥具有生津止泻的功效。适合阴津不足、大便溏软、口干咽燥的人群食用。

党　参

教斸丹厓五色泥

上党人参五叶齐，紫团山顶碧云西。
来寻金线重楼草，教斸丹厓五色泥。
具体宛然分手足，按方时许入刀圭。
是知上药无炮炙，解使仙翁寿域跻。
——明·郑真《潞州陈节判叔铭过临淮惠紫团参一本作诗贻吴教授》

这首诗主要介绍了诗人得到党参的经历。上党人参五叶齐全，和紫团参一样长在高高山顶的背阴面。诗人本意欲寻找重楼草，却在赤水边挖出了带有五色泥的党参，已经初具人形。刀圭为中药的量器名，诗文意思即大小与刀圭相似，料想上等药材无须炮制，可使仙翁长命百岁。长治，古称上党，取意“居太行之巅，地势最高，与天为党”。党参因原产地在上党而得名，人参的产地为“紫团”，上党人参又名紫团参，主要生长在壶关县紫团山一带，在紫团山附近的森掌村仍有唐代墓碑，碑上记载有“壶关上党，地连三瓮，灵药紫团”。不过，上党的“紫团参”在明代后便已近灭绝，现代所用的党参是桔梗科植物，效稍弱。

党参作为人参相对廉价的替代品，活跃在百姓的菜桌上，甚至有传唱至今的说书：“打起鼓板开了腔，自古人参出上党，你把上党人参用，延年益寿体安康。”中医学认为，党参味甘、性平，具有补中益气、健脾益肺、养血生津的功效。党参之名始见于《本草从新》：“按古本草云，参须上党者佳。今真党参久已难得，肆中所卖党参，种类甚多，皆不堪用。惟防风党参，性味和平足贵。根有狮子盘头者真，硬纹者伪也。”

现代研究表明，党参具有增加红细胞、增强网状内皮系统功能、抗疲劳、降血压、提高心排血量、调节肠道、促进凝血等作用。

党参莲子粥

【材料】党参15克，莲子30克，粳米120克，大枣6枚，红糖30克。

【做法】党参、莲子研成细末；大枣洗净、去核、切碎；粳米淘洗干净。锅中倒入适量水，放入大枣、粳米、党参、莲子，共同熬煮成粥，粥成时加红糖调味即可。

本药粥具有补脾止泻、养心安神的功效。适合脾虚泄泻、心悸、失眠的人群适量食用。

【党参莲子粥】

党参薏米粥

【材料】炒党参15克，薏苡仁30克，粳米90克，红枣12枚。

【做法】粳米、薏苡仁洗净，放入水中浸泡2小时；大枣洗净、去核、切碎；炒党参放入锅中，加水煎汤2次，每次煮沸20分钟后取汁，两次汁液合并倒入锅中，加粳米、薏苡仁、红枣共同熬煮成粥。

本药粥具有补脾益气、利水渗湿的功效。适合体质虚弱、易于感冒、有水肿倾向的人群食用。

桔　梗

空花根蒂难寻摘

病与衰期每强扶，鸡壅桔梗亦时须。
空花根蒂难寻摘，梦境烟尘费扫除。
耆域药囊真妄有，轩辕经匮或元无。
北窗枕上春风暖，漫读毗耶数卷书。

——宋·王安石《北窗》

这首诗是作者晚年养病时所作，大意是：我晚年倾向于清心寡欲，而非“春风又绿江南岸”的仕进之选，每当疾患与衰微之时，病弱的身体只能勉强支撑，芡实（鸡壅）与桔梗亦是此时必需，对我的病情有益。桔梗花（空花）和它的根蒂真的很难寻觅、采摘，梦境之中的烦恼又如烟尘般需要费力清除。我不知神医良药是真实抑或虚妄，《黄帝内经》与《金匮要略》或许原本没有记载似我这样的病症。我只能安然卧于病榻，吹着暖意拂面的春风，随意诵读着数卷《维摩诘经》，也算能够聊以慰藉。诗人提到既可果腹又能治病的桔梗，有益于他的病症，但当时很难寻觅。

桔梗花朵含苞待放时如僧帽，也像极了鼓鼓的小包袱，花开似铃铛，更像蓝色的星星，所以又有包袱花、僧帽花、铃铛花等别称。作为中药，桔梗具有宣肺祛痰、清热排脓的作用，对于治疗咳嗽痰多、音哑、咽喉肿痛、肺痈等症有较好的效果。《得配本草》言其“行表达窍，开提气血，能载诸药上浮，以消郁结。治痰壅喘促，鼻塞，肺痈，干咳，目赤，喉痹咽痛，齿痛口疮，胸膈刺痛，腹痛肠鸣”。可见其不仅可以治痰，还可以消解郁结。桔梗是药食两用品种，市场常见桔梗食用形式为腌制和非腌制两种，桔梗泡菜就是典型的腌制产品，桔梗拌菜则是非腌制的代表。桔梗根白质脆，甚是爽口，除了腌制或做凉菜，拿它来煮粥也是不错的选择。

桔梗陈皮粥

【材料】干桔梗 30 克，陈皮 15 克，小米 120 克，冰糖适量。

【做法】将桔梗泡软，洗净，切薄片；陈皮去白（橘络），洗净，切细丝；大米淘洗干净；将大米、陈皮、桔梗同时放入锅内，加入适量水，武火煮沸，去浮沫，转文火炖煮 30 分钟，加入冰糖调味，待其溶化即可。

此药粥具有理气健脾、利咽止咳的功效。适合咳嗽有痰、咽痛音哑、脘腹胀满的人群食用。

［桔梗陈皮粥］

桔梗蒡芷粥

【材料】干桔梗 30 克，鲜牛蒡根 30 克，白芷 9 克，粳米 150 克，白糖适量。

【做法】将桔梗泡软，洗净，切薄片；牛蒡、白芷分别洗净，切段，放入锅中，加入适量水，煎煮半小时，去渣留汁于锅中。将粳米淘洗干净，与桔梗一同放入锅中，武火煮沸，转文火慢熬成粥，加入白糖调味即可。

本粥具有疏散风热、消肿解毒的功效。适合时有牙痛、风热咽痛的人群食用。

当 归

能贻蜀当归

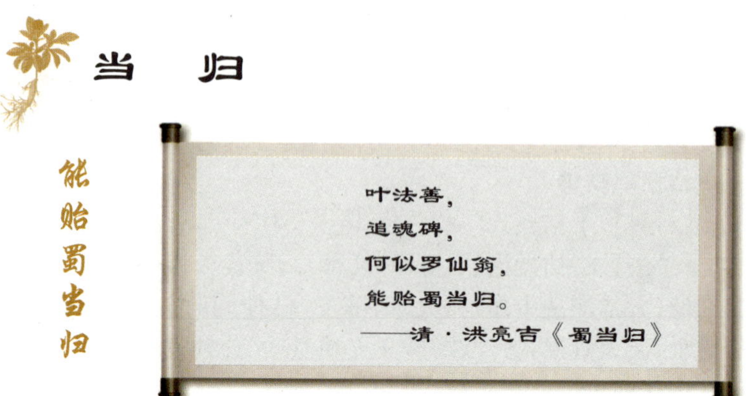
叶法善，
追魂碑，
何似罗仙翁，
能贻蜀当归。
——清·洪亮吉《蜀当归》

叶法善，在《旧唐书·叶法善传》中有载，是道教祖师，善长生之道，据传在世一百又七岁，无病而终，羽化成仙。叶法善之祖葬于松阳之酉山，叶法善为祖父叶有道刻“追魂碑”。罗仙翁，即罗公远，与叶法善、金刚三藏比试法力于朝廷。唐玄宗多次向其学习仙法长生之术。罗公远曾送唐玄宗蜀地的当归。天宝年末，玄宗逃往蜀地避难，罗公远又在剑门迎接皇驾，护送到成都，然后拂衣而去，玄宗从蜀地回京城，才明白他送蜀地当归的意思。此句诗文将中药当归与道家传说人物联系起来，赋予当归一种传奇而神秘的色彩。

当归作为补血“第一圣药”，被广泛应用于食疗。中医学认为，当归味甘而重，专能补血；其气轻而辛，又能行血。当归既能补血，又能活血；既可通经，又能活络；补中有动，行中有补，为血中之要药。《神农本草经百种录》记载，当归“主妇人……荣血不足之病……而为补荣之圣药。当归为血家必用之药……当归辛芳温润，兼此数长，实为养血之要品，惟着其血充之效，则血之得所养，不待言而可知”。凡妇女月经不调、痛经、血虚闭经、面色萎黄、衰弱贫血、子宫出血、产后瘀血等都可以用当归治疗。

现代研究表明，当归具有抗血栓、调节血脂、降血压、抗心肌缺血、增强免疫力、抗炎、保肝、抗辐射、抗氧化等作用。

当归红花粥

【材料】当归 12 克，西红花 6 克，糯米 120 克，红糖适量。

【做法】将当归、西红花洗净；糯米淘洗干净，放入水中浸泡 2 小时。锅中倒入适量水，放入西红花、当归煎汤，去渣取汁，放入糯米熬煮成粥，加入红糖调味即可。

本药粥具有养血补血、活血化瘀的功效。适合血虚瘀滞、面色晦暗、舌有瘀点的人群食用。

【当归红花粥】

当归海参粥

【材料】当归 12 克，海参 1 支，粳米 120 克，姜、盐、胡椒粉适量。

【做法】海参放入水中浸泡 1 天，去内脏，处理干净，放入沸水中焯 1 分钟，捞出；当归、粳米分别洗净，粳米放入水中浸泡 2 小时；姜切丝。锅中倒入适量水，放入粳米、当归，武火煮沸，转文火，煮至粥半成时加入海参、姜丝，熬煮成粥，最后加盐、胡椒粉调味即可。

本药粥具有益气养血、补肾益精的功效。适合肾亏血虚、腰酸乏力、困倦欲睡的人群食用。

黄　精

黄精幽涧滨

得道凡百岁，烧丹惟一身。
悠悠孤峰顶，日见三花春。
白鹤翠微里，黄精幽涧滨。
始知世上客，不及山中人。
仙境若在梦，朝云如可亲。
何由睹颜色，挥手谢风尘。

——唐·李颀《寄焦炼师》

透过这首诗，我们可以隐约看到一幅唯美的画面：焦炼师隐入山中多年，一边烧炼仙丹，一边自我修道，过着如神仙一般的隐居生活。他每天在高耸入云的山峰顶端，登高望远，观花赏春。而在青翠欲滴的山林里，一只白鹤傲立其中，在清幽的山涧边，生长着可以入药的黄精。生活在红尘间的世人，哪里知道修仙之人的生活呢？身临其境，浮生若梦，朝云可亲。不管人间是是非非的色彩，只想挥手潇洒离别，把气韵洒向人间。诗中提及常见的食药两用药材——黄精，又名太阳草、老虎姜等，是道家眼里的“仙药”，在这首诗中被淋漓尽致地反映了出来。

黄精在古代养生学家的眼中是一味神奇的延年益寿之品，甚至有久服成仙之说。唐代大诗人杜甫也曾以“扫除白发黄精在，君看他年冰雪容”的佳句来赞美它。中医学认为，黄精味甘、性平，归脾、肺、肾经，具有补脾润肺、益气养阴、生津止渴等功效，既能治疗如神经衰弱、视物昏花、糖尿病等多种常见疾病，又是男女老少四季皆宜的保健食品。

现代研究表明，黄精具有降血压、降血糖、抗炎抗菌、延缓衰老、调节免疫力、抗肿瘤、防治动脉粥样硬化与肝脂肪浸润等药理作用。以黄精为主药，配以其他中药材，对治疗冠心病、心绞痛和百日咳等均有显著疗效。

黄精瘦肉粥

【材料】黄精 30 克，生地 30 克，瘦肉 50 克，蛤蜊 30 克，粳米 120 克，生姜、食盐适量。

【做法】将黄精、生地洗净，切片，放入锅中加水煎汤，去渣取汁；将瘦肉放入沸水焯去血水，切丁；蛤蜊放入水中浸泡吐泥，去壳留肉；生姜切丝。粳米淘洗干净，放入锅中，加入药汁，再加入瘦肉丁和蛤蜊肉、生姜丝，武火煮沸，转至文火慢慢熬炖，直至粥成，加食盐调味即可。

本药粥具有健脾补虚、滋阴补肾等功效。适合脾胃虚弱、病后体虚、阴虚内热、口干口渴、头晕目眩的人群食用。

黄精山药粥

【材料】黄精 30 克，党参 15 克，怀山药 30 克，粳米 120 克，冰糖适量。

【做法】将黄精洗净，切片；党参洗净，切段；怀山药洗净，切块；粳米淘洗干净。锅中放入适量清水，加入黄精、党参，煎汤，去渣留汁。汤汁中加入粳米和怀山药，武火煮沸，转文火熬煮 30 分钟，加冰糖调味即可。

本药粥具有补气阴、健脾胃的功效。适合脾胃虚弱、神疲力乏、腰膝酸软、食欲不振、大便偏软的人群服用。

玉　竹

袖有葳蕤草

社西逢酒伴，埭北有花枝。
讵识愚公意，聊同牧竖嬉。
围棋松崦久，度马板桥迟。
袖有葳蕤草，还家不告饥。
——明·陈献章《社西村·其五》

明代陈献章的《社西村》系列总共有六首，描写的是社西村闲情逸致的乡间生活，本诗是其中的第五首。诗人在社西村遇到了一起喝酒的朋友，大好心情犹如土丘边上的花枝般烂漫。与友人谈论河曲智叟不知愚公移山的深意，谈话间遇到牧童，一起嬉戏聊天，感受淳朴的快乐。在长满松树的山边下围棋不知过了多久，桥边拴着的马在等候，还好袖子里有新鲜的玉竹可以吃，回家的时候就不那么饿了。“葳蕤草”（玉竹）味道甘甜，除可以果腹，诗人还感受到自然淳厚之物给内心带来的柔润满足。

玉竹有一个好听的别名“葳蕤”，李时珍在《本草纲目》中有相关解释：“黄公绍《古今韵会》云：‘葳蕤，草木叶垂之貌。’此草根长多须，如冠缨下垂之緌而有威仪，故以名之。”玉竹的地下根茎发达，可食用，也可入药。《神农本草经》将其列为上品，曰：“主中风暴热，不能动摇，跌筋结肉，诸不足。久服，去面黑皯，好颜色，润泽，轻身不老。”即玉竹可作为食养之品久服。《本草正义》载其“味甘多脂，柔润之品……今惟治肺胃燥热、津液枯涸、口渴嗌干等症，而胃火炽盛、燥渴消谷、多食易饥者，尤有甚效”。玉竹入药，具有养阴润燥、生津止渴的功效。

现代药理学研究表明，玉竹煎剂有扩张血管、抗急性心肌缺血、降压、延缓衰老、抗菌作用。玉竹的醇提取物能够诱导血清中产生集落抑制因子，从而增强免疫力。同时，玉竹还能通便，有肾上腺皮质激素样作用。

玉斛养胃粥

【材料】玉竹 15 克，石斛 9 克，麦冬 15 克，小米 150 克，白糖适量。

【做法】玉竹、麦冬、石斛洗净，切碎，放入锅内，加水煎煮，去渣取汁。小米淘洗干净，放入汤汁中，熬煮成粥，加白糖调味即可。

本药粥具有益胃生津、滋阴降火之功效，适合胃阴不足引起咽干口渴、食少不饥，或胃阴虚火旺引起的牙痛、口腔溃疡、便秘等人群食用。

竹合润肺粥

【材料】玉竹 15 克，百合 15 克，银耳 15 克，粳米 150 克，冰糖适量。

【做法】玉竹、百合洗净；银耳放入冷水浸泡 1 小时，切碎；粳米淘洗干净。锅中加入适量水，放入玉竹、百合一同煎煮，去渣取汁。药汁中放入银耳、粳米，共煮成粥，放入冰糖，待其溶化即可。

本药粥具有清肺养阴、润燥止咳的功效。适合肺阴亏虚引起久咳不愈、干咳痰黏、咽干音哑等人群食用。

天 麻

为言多病服天麻

江东回首莫云赊，寒食令人感岁华。
皎皎丹心惟望日，星星短发不簪花。
书传何处山名雁，酒忆吾乡水似霞。
故旧相逢如问我，为言多病服天麻。

——宋·王十朋《乡人项服善宰鄱阳有政声人惜其去用郡圃栽花韵作诗数篇叙别遂和以送之·其三》

本诗题目即说明了写作背景：诗人的同乡项服善在鄱阳为官颇有声誉，可惜要离开，于是诗人用曾作《郡圃栽花》的韵脚赋诗为其叙别。诗人劝慰同乡，此去回乡别说远，一年一度的寒食节让人感到年华流逝，但你的赤诚之心，像太阳一样明亮，头上闪闪的银发即是呕心沥血的明证，不需要鲜花粉饰。诗人出生地是雁荡山脚下的乐清，送别同乡也勾起了他对家乡美好的回忆。最后，他对同乡说，如果故人问起我，就说我多病，在服食天麻。诗人对同乡的劝慰其实也是自己的内心独白，丹心华发与积劳成疾是当下状态的真实写照。

天麻原名“赤箭”，后来传说是神医送来的药材，治好了头晕目眩、半身麻痹瘫痪的病症，称其为天赐之物，遂改名“天麻”。中医学认为，天麻性平、味甘，主入肝经，具有平肝止痉、息风通络的作用。如《本草纲目》中记载：“天麻，乃肝经气分之药。《素问》云：‘诸风掉眩，皆属于肝。’故天麻入厥阴之经而治诸病。按罗天益云：眼黑头旋，风虚内作，非天麻不能治。天麻乃定风草，故为治风之神药。”同时，食服天麻对养生保健、祛病延年也有较好的作用，《神农本草经》曾载天麻“久服益气力，长阴，肥健，轻身，增年”。

现代药理研究表明，天麻具有镇静、抗惊厥的作用，还能缓解平滑肌痉挛，缓解心绞痛、胆绞痛。此外，天麻对人的大脑神经系统具有明显的保护和调节作用，能增强视神经的分辨能力。

天麻竹茹粥

【材料】天麻 9 克，粳米 150 克，竹茹 9 克，白糖适量。

【做法】将天麻洗净，浸泡 1 小时，切成薄片；竹茹泡发，粳米淘洗干净。锅中加入适量水，放入天麻、粳米，待粥将成时加入竹茹，粥成调入白糖即可。

本款药粥具有平肝息风、清热化痰的功效。适合风痰内蕴而出现眩晕头痛、痰多胸闷的人群，也可供痰热壅盛证的中风后遗症人群作为日常食疗选择。

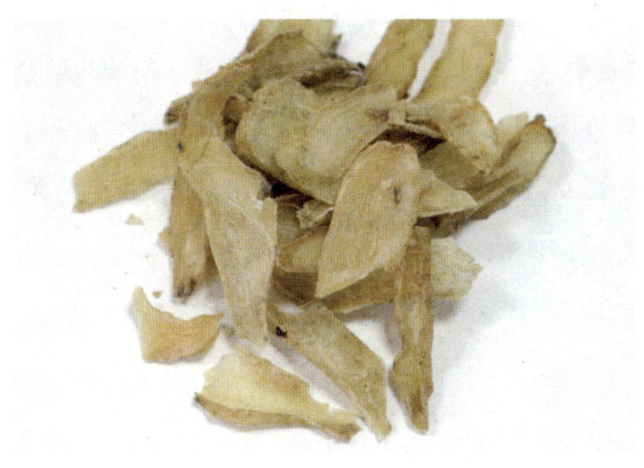

［天麻］

天麻鳝鱼粥

【材料】天麻 9 克，鳝鱼 150 克，山药 30 克，粳米 150 克，姜、麻油、盐、料酒少许。

【做法】鳝鱼洗净，切块，用料酒腌制 15 分钟；天麻、山药洗净，切薄片；姜洗净，切丝；粳米淘洗干净。将鳝鱼块和天麻、山药、粳米一同放入锅中，加适量水，慢火熬煮成粥，待粥将成时，放入姜丝、麻油、盐调味即可。

本药粥具有平肝健脾、祛风养血的功效。适合肝旺脾虚、风邪留滞引起眩晕、手麻以及周围性面神经麻痹的病后调养。

益智仁

岭南益智遍山丘

岭南益智遍山丘，子向英华库内收。
知岁久传禾可卜，赠人更见粽堪投。
涩精补肾休忘用，开胃温中可速求。
却喜火中能益土，古人进食必先周。

——清·赵瑾叔《本草诗》

清代赵瑾叔写过不少关于药物的本草诗，本诗即是关于益智仁的。益智仁主要产于海南、广东、广西等岭南地区。《本草图经》中有记载：益智子如笔头，而两头尖长，得天地之英华也；其花为长穗，而分为三节，观其上中下节，可以用来占卜早中晚稻子收成之丰凶。破去核，取外皮蜜煮为粽馅，味极美，即名益智粽，有涩精补肾、开胃温中的功效。

关于益智仁，有一个有趣的历史故事。据传，南朝宋的开国皇帝刘裕，当年在灭燕南之战时，占据岭南的卢循、徐道覆趁刘裕领兵在外，起兵进攻江州，朝廷急征刘裕，由于当时“朝廷新定，未暇征讨”，朝廷便趁势授卢循为广州刺史，以徐道覆为始兴相。卢循为人诡谲，派人送给刘裕一大篓“益智粽”（暗指刘裕应益智补脑）；刘裕灵机一动，便回赠卢循一大坛“继命汤”（意思是暂且留你一命，日后再收拾你）。诗文中的“益智粽”也暗含这一故事。中医学认为，益智仁性温、味辛，能温肾助阳、固精缩尿、温脾止泻、开胃摄唾，如《开宝本草》中说其“治遗精虚漏……益气安神，补不足，安三焦，调诸气”，功效卓著。

益智仁中含有二芳庚烷类化合物、挥发油、萜类化合物、甾体及苷类化合物等成分。研究表明，益智仁的有效提取物具有保护神经、抗癌、抗氧化、镇痛等作用，还能提高学习记忆能力。

益智仁芡实粥

【材料】益智仁 9 克，芡实 15 克，粳米 150 克。

【做法】将益智仁、芡实，研为粉末；粳米淘洗干净，放入锅中，加入适量水，武火煮沸，转文火熬煮成粥。待九分熟时拌入益智仁、芡实粉，搅拌均匀，稍煮即可。

本药粥具温肾助阳、固精收涩的功效。适合肾虚不固引起遗精、遗尿、夜尿频多的人群食用。

［益智仁芡实粥］

益智仁牛肉粥

【材料】益智仁 9 克，白术 15 克，牛肉 150 克，粳米 150 克，葱段、姜片、盐各适量。

【做法】益智仁、白术洗净；牛肉切成末；粳米淘洗干净，浸泡 1 小时。锅中加入适量水，放入益智仁、白术煎煮，去渣留汁。牛肉末、葱段、姜片放入汤汁中煮沸，捞出葱段、姜片，加入粳米，共煮成粥。最后加入食盐调味即可。

本药粥具有健脾益气、补中和胃的功效。适合脾胃虚寒引起口泛清水、脘腹冷痛、食少纳差、大便溏泻的人群食用。

覆盆子

五月麦田中得者良

五月麦田中得者良。采其子于烈日中晒之，
若天雨即烂，不堪收也。
江东十月有悬钩子，稍小，
异形。气味一同。
然北地无悬钩子，南方无覆盆子，
盖土地殊也。虽两种则不是两种之物，
其功用亦相似。

——唐·孟诜《食疗本草·覆盆子》

农历五月的时候，在麦田中采得的覆盆子是最好的。鲜嫩的果实要在骄阳的曝晒下浓缩精华才可被方便贮存；如果遇到雨天，果实就会腐烂，无法收存。江东一带十月间出产一种叫做悬钩子的果实，与覆盆子相比个头稍小，形状也不同，但气味相同。唐代医家孟诜认为，北方不产悬钩子，南方又没有覆盆子。这是因为地域不同，果实成熟时节不同的缘故。覆盆子、悬钩子虽然是不同的植物，但功效是相似的。孟诜对覆盆子的考证可谓详细深入，将其收入《食疗本草》是对它补养功效的肯定。

炎炎夏日，山间中蜿蜒藤蔓之间，能看见掌形绿叶间长着卵圆形的果子，火红带紫，这就是熟透的覆盆子。成熟的覆盆子可以直接食用，味道甜美，广受人们喜爱，入药的是其未成熟的果子，尚有酸涩。关于覆盆子名字的由来，宋代寇宗奭在《本草衍义》中记载“益肾脏，缩小便，服之当覆其溺器，如此取名”，虽然有夸张的成分，但其益肾养肝、固精缩尿的功效是可以肯定的。如《本草经疏》载：“覆盆子，其主益气者，言益精气也。肾藏精、肾纳气，精气充足，则身自轻，发不白也。”

覆盆子中主要含有萜类成分、多种微量元素和纤维素。药理研究表明，覆盆子具有增强免疫力、调节内分泌、提高记忆力的作用，能够延缓衰老、抗诱变、抑制多种致病菌。

覆盆子熟地黄粥

【材料】覆盆子 9 克，熟地黄 15 克，红枣 30 克，粳米 150 克。

【做法】覆盆子、红枣、熟地黄分别洗净；粳米淘洗干净，浸泡 1 小时。锅中加入适量水，放入熟地黄，煎煮 30 分钟，去渣留汁。将覆盆子、红枣、粳米放入汤汁中，共同煮粥即可。

本药粥具有养肝明目、滋阴补血的功效。适合肝阴不足、阴虚血亏所致目视昏花、头晕乏力、口干盗汗、月经量少等人群食用。

［覆盆子熟地黄粥］

覆盆枸杞菟丝粥

【材料】覆盆子 9 克，枸杞子 15 克，菟丝子 9 克，粳米 150 克，蜂蜜适量。

【做法】覆盆子、枸杞子洗净；菟丝子洗净，用干净纱布包好，扎紧袋口；粳米淘洗干净，浸泡 1 小时。锅中加入适量水，放入菟丝子包，煎煮 30 分钟，取出药包。将覆盆子、枸杞子、粳米放入汤汁中，共同煮粥，待温热时调入蜂蜜即可。

本药粥具有补肾温阳、固精收涩的作用。适合肾阳亏虚、肾精不固所致夜尿频多、遗精早泄、宫寒痛经、月经不调等人群食用。

紫　苏

新米粥，紫苏汤

秀才落得甚乾忙。冗中秋，闷重阳。
百年三万，消得几科场。
吟配十年灯火梦，新米粥，紫苏汤。
如今且说世平康。收战场。息欃枪。
路断邯郸，无复梦黄粱。
浪说为农今决矣，新酒熟，菊花香。
——宋·逸民《江城子·中秋忆举场》

本词以“江城子”为词牌，回忆科考的心路历程。秀才忙于应试，就连中秋、重阳这样的佳节也感到沉闷索然，为科考消耗的钱财不知凡几。十年寒窗，米粥寡汤，含辛茹苦，但科考之路艰辛曲折，最终结局是黄粱一枕等空花。七尺男儿感慨今朝无战事，不能从戎战沙场。也罢！不如回到家乡的田园生活，煮新酒、赏菊香，倒也惬意自得。词中的紫苏汤，用来表现学子的苦读生活，但紫苏辛温，能为秀才驱散风寒，或许也能给他焦虑惆怅的内心带去一丝芳香温暖。

在夏季的田间地头、菜园边上，可以见到叶子似唇形、边缘锯齿状，叶的两面(或下表面)呈紫色，散发着特殊清香的草本植物，这就是紫苏。对于喜爱田螺、生鱼的人来说，紫苏叶不可或缺，它不仅能使食物更加鲜美，还能理气和胃，有利于食物消化吸收。紫苏入药，功效不凡，正如《本草纲目》中说紫苏叶“解肌发表，散风寒，行气宽中，消痰利肺，和血，温中，止痛，定喘，安胎，解鱼蟹毒，治蛇犬伤”。不仅如此，紫苏的其他部位也可入药，如苏梗，有宽胸利膈的作用；紫苏的果实苏子，能降气化痰、止咳平喘、润肠通便。

药理研究显示，紫苏具有抗氧化活性，其中的亚麻酸能降血脂，紫苏油有延缓衰老作用。

紫苏杏仁姜枣粥

【材料】紫苏叶 9 克，甜杏仁 6 克，生姜 6 克，大枣 15 克，粳米 150 克。

【做法】紫苏叶、生姜洗净，杏仁捣碎，大枣逐枚掰开、去核，粳米浸泡 1 小时。紫苏叶、生姜加水煎煮，去渣留汁。粳米、大枣放入汤汁中，加水共煮成粥，放入碎杏仁搅拌均匀即可。

本粥具有疏风止咳的功效。适合头痛鼻塞、咳嗽有痰、食欲不振等人群食用。

［紫苏杏仁姜枣粥］

紫苏陈皮瘦肉粥

【材料】紫苏叶 9 克，陈皮 6 克，瘦肉丝 150 克，粳米 150 克，盐适量。

【做法】紫苏叶、陈皮洗净，切丝。锅中加适量清水，放入瘦肉丝、粳米煮粥，粥将成时，放入紫苏、陈皮，煮至粥成，加盐调味即可。

本药粥具有行气宽中、和胃止呕的功效。适合脾胃气滞引起脘闷不舒、食欲不振、恶心嗳气的人群食用。

薄　荷

薄荷时时醉

似虎能缘木，如驹不伏辕。
但知空鼠穴，无意为鱼餐。
薄荷时时醉，氍毹夜夜温。
前生旧童子，伴我老山村。

——宋·陆游《得猫于近村以雪儿名之戏为作诗》

这是一首俏皮可爱的诗。前半部分像谜语：样子像老虎但会爬树，像小马驹又不用拉车，只知道捉老鼠，不去偷鱼吃。结合诗题，谜底是一只被诗人收留的叫雪儿的小猫。“但知空鼠穴，无意为鱼餐”，表扬小猫捉老鼠替人分忧，不贪图享受的可贵品质。后半部分中，小猫吃了薄荷看起来醉醺醺的，晚上就睡在温热的毛毯里，小猫萌乖惹得诗人怜爱，不禁发问：你是我前生的小书童吧？今世来山村陪伴我终老。诗中流露出小猫恬然淡薄的性格，也是诗人对自己的写照。这首“戏作”写出了小猫雪儿的可爱模样和可贵品质，洋溢着作者的喜爱之情，是陆游晚年一首不刻意的佳作。

薄荷能让小猫醉醺醺，其独特的清凉芳香却能助人提神醒脑，这是植物的神奇，也是大自然的美妙。薄荷味的糖果、茶饮、点心等深受人们的喜爱，尤其是在炎热湿闷的夏季，薄荷的清冽气息，好似一股清泉从唇齿之间沁入心脾，一扫心中烦热，怎一个“爽”字了得！不仅如此，这种清香气味也使薄荷具有独特的药用价值。中医学认为，薄荷味辛、性凉，归肺、肝经，清香升散，具有疏风散热、清头目、利咽喉、透疹、解郁的功效。《本草纲目》中记载：“薄荷，辛能发散，凉能清利，专于消风散热……利咽喉口齿诸病、瘰疬、疮疥。”

现代研究表明，薄荷中的薄荷油经皮吸收和渗透力极强，还具有抗辐射、镇痛和发汗解热的功效。

薄荷雪梨粥

【材料】薄荷 6 克，雪梨 1 个，粳米 150 克，冰糖适量。

【做法】薄荷叶冲净浮尘，雪梨洗净、去核、切小块，粳米淘洗干净。粳米放入锅中，加水煮粥，粥将成时放入薄荷、雪梨块，再煮 5 分钟，加入冰糖搅拌即可。

本药粥具有清热利咽、生津止渴的功效。适合咽喉肿痛、舌红口干的人群食用。

［薄荷陈皮粥］

薄荷陈皮粥

【材料】薄荷 6 克，陈皮 9 克，粳米 150 克，冰糖适量。

【做法】将薄荷、陈皮洗净，放入锅中，加适量水煎煮，去渣取汁。粳米淘洗干净，加适量水，煮成粥，再加入药汁，煮 5 分钟，放入冰糖即可。

本药粥具有理气和胃、疏肝解郁的功效。适合胃脘胀满、两胁不舒、嗳气饱胀的人群食用。

决明子

秋蔬旧采决明花

秋蔬旧采决明花，
三嗅馨香每叹嗟。
西寺衲僧并食叶，
因君说与故人家。

——宋·苏辙《蜀人旧食决明花耳颍川夏秋少菜崇宁老僧教人并食其叶有乡人西归使为父老言之戏作》

这首诗是苏辙晚年在颍川（今河南禹州）居住时所作。在夏秋之交，青黄不接之时，需要寻找野菜来充饥，西边崇宁寺的老僧人教人们采制决明子的嫩叶食用。诗人看到这一幕，想起了故乡的秋天，决明花开，馨香阵阵，嗅着决明花，每每感叹，这花可真香！颍川缺少可以食用的蔬菜，而决明花不仅香，还能当菜吃。苏辙的故乡四川眉山是其游宦一生之中，内心最渴望的精神家园和最强烈的情感寄托，表达的是诗人对故乡深深的思念。

决明子，又名草决明，以颗粒均匀饱满、颜色黄褐者为佳。中医学认为，决明子味苦、甘、咸，性微寒，具有清肝明目的功效，历来被推崇为治疗眼科疾病的良药，凡是由肝火上冲、风热上壅所致的目赤肿痛、羞明多泪、青盲内障、头晕目眩等病症均可用其治疗。《神农本草经》将决明子列为“上品”，记载其“主青盲目淫，肤赤白膜，眼赤痛，泪出，久服益精光”。除治疗眼科疾病外，决明子还能润肠通便。

现代研究表明，决明子富含大黄酚、大黄素、决明素和丰富的氨基酸、脂肪、碳水化合物等成分，可用于治疗便秘、血脂异常、高血压等病症；其所富含的维生素 A 及锌，可防治夜盲症及锌缺乏症。

决明子菊花粥

【材料】决明子 15 克，白菊花 9 克，粳米 120 克，冰糖适量。

【做法】决明子放入砂锅中，炒至微有香气，取出，待凉后与白菊花一起放入锅中，加水煎汤，去渣取汁，放入粳米熬煮成粥，加适量冰糖，继续煮一二沸即可。

本药粥具有清肝明目润肠的功效。适合眼目干涩、眵多流泪、大便干结的人群食用。

[决明子菊花粥]

决明子山楂粥

【材料】决明子 15 克，山楂 15 克，鸡内金 9 克，小米 120 克，冰糖适量。

【做法】决明子放入砂锅中，炒至微有香气，取出；山楂洗净，去籽，切丁；鸡内金洗净，擘碎；大米淘洗干净，放入水中浸泡 1 小时。锅中倒入适量水，放入决明子、山楂、鸡内金，加水煎汤，去渣取汁，加入小米熬煮成粥，待粥黏稠时，调入适量冰糖即可。

本药粥具有消食健胃的功效。适合肉食积滞、胃脘胀满、纳食不香、消化不良的人群食用。

砂　仁

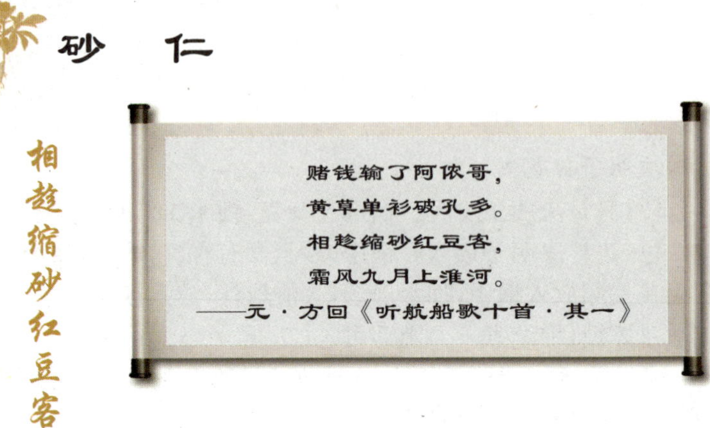

相趁缩砂红豆客

赌钱输了阿侬哥，
黄草单衫破孔多。
相趁缩砂红豆客，
霜风九月上淮河。
——元·方回《听航船歌十首·其一》

方回是元代的诗人、诗论家，其诗歌很多反映现实生活，《听航船歌十首》即是船夫的真实写照。本诗第一句的“阿侬哥”是吴语方言，表示“我”“我们”；末句的“淮河”表明，船歌的素材来自江南秦淮河畔。诗中的船夫赌钱输了，衣衫褴褛，为了生计，紧紧跟随贩卖砂仁、红豆的客人，招揽生意。时节已经到了九月深秋，航船的歌飘荡在霜风凛冽的淮河上，夹杂着船夫的漂泊和辛酸。砂仁作为著名“四大南药”之一，在古代曾被列为贡品，是江南航运的贵重货物。

砂仁根据产地不同，分为阳春砂、海南砂和绿壳砂，其中以产于广东的阳春砂质量为优。关于砂仁的功效有一个神奇的传说：有一年，广东阳春蟠龙村附近的羊群全都拉痢死了，唯独蟠龙村安然无恙。人们观察发现，这群羊每天路过金花坑畔时，总是有一个可爱的小女孩等着这群羊，并用坑边的一种类似姜苗的植物喂饲它们。后来人们寻找到了这种果实散发阵阵异香的植物，羊群吃了，痢疾果然好了。当人们要去感谢女孩的时候，她就再也没出现过，大家便称她为“砂仁仙子”。砂仁浓郁的香气让人们向往，它不仅能为美食添香，也能帮助人们祛病防疾。中医学认为，砂仁具有化湿开胃、温脾止泻的功效，对于脾虚湿盛的泻痢确实有良效。

砂仁中含有 138 种挥发油类，还含有黄酮苷类物质以及多种矿物质、有机酸。研究证实，砂仁入药具有抗炎、抗溃疡、抑制胃酸分泌、增进胃肠运动及抗血小板凝集的作用。

砂仁蔻藿粥

【材料】砂仁 6 克，白豆蔻 6 克，藿香 6 克，粳米 150 克。

【做法】先把砂仁、白豆蔻和藿香洗净；大米淘洗干净，浸泡 1 小时。砂仁、白豆蔻和藿香放入锅中，加适量水煎煮，去渣留汁。将大米倒入汤汁内，文火熬成粥即可。

本药粥具有芳香化浊、祛湿畅中的功效。适合湿浊蕴结而出现头昏身困、恶心呕吐、大便稀溏等人群食用，也可作为夏季防治暑湿感冒的保健药粥。

砂仁猪肚粥

【材料】砂仁 6 克，猪肚 150 克，粳米 150 克，黑胡椒 3 克，葱、姜、盐、麻油适量。

【做法】砂仁、黑胡椒洗净，放入锅中，加水煎汤，去渣取汁；猪肚去筋膜，洗净，切片，放入沸水中焯去血水，捞出洗净；粳米淘洗干净，浸泡 1 小时；葱切末，姜切丝。粳米放入煎好的药汁中，加适量水，武火煮沸，放入猪肚稍煮，转文火，加葱末、姜丝，继续熬煮成粥，加盐、麻油调味即可。

本药粥具有化湿醒脾、行气和胃的功效。适合脾胃寒湿而出现胃脘胀气、呕吐清水、腹中冷痛等人群食用。

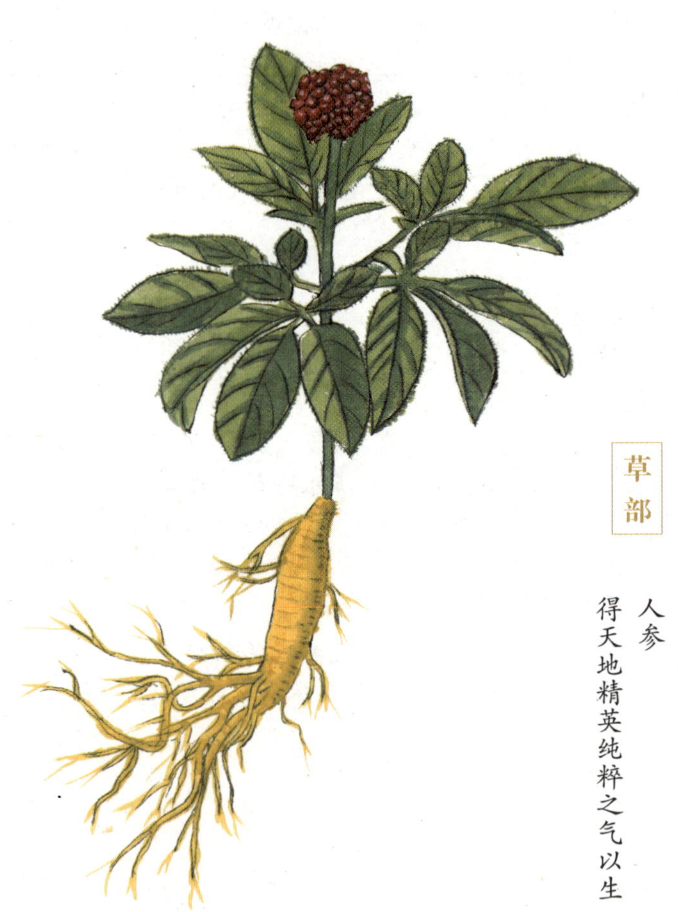

草部

人参

得天地精英纯粹之气以生

花部

玫瑰花

嘉名谁赠作玫瑰

芳菲移自越王台，最似蔷薇好并栽。
秾艳尽怜胜彩绘，嘉名谁赠作玫瑰。
春藏锦绣风吹拆，天染琼瑶日照开。
为报朱衣早邀客，莫教零落委苍苔。
——唐·徐夤《司直巡官无诸移到玫瑰花》

诗中的玫瑰花移栽自越王台。越王台在浙江绍兴卧龙山麓，相传为勾践卧薪尝胆之地。玫瑰与蔷薇相似，适合一起栽种。看着鲜花，诗人不禁被这惹人怜爱的美艳所吸引，其容貌比最好的彩绘图案还要漂亮，不知是谁起了这么好的名字——玫瑰。她的美犹如春风吹开卷藏的锦绣，又像阳光下天然渲染的琼瑶。告知身着绯色公服的司直巡官，早点邀请宾客及时赏花，千万别把这样鲜艳的花朵像青苔一样零落委弃。诗人钟情的玫瑰花有其独特的美，而且还有很好的保健功效，赏花食花，确能让人身心舒畅。

玫瑰花几乎是所有女性同胞的最爱，其不仅容颜娇媚，而且芳香馥郁。每到情人节、妇女节、母亲节，收到玫瑰鲜花，总会让你身边的她会心微笑，心情如花朵般美丽。其实，玫瑰花不仅可供观赏，还可食用、入药，能够行气解郁、活血止痛，亦如赏花的心情一样轻松舒服。关于玫瑰花的功效，清代《本草正义》中的分析比较精辟："玫瑰花，香气最浓，清而不浊，和而不猛，柔肝醒胃，流气活血，宣通窒滞而绝无辛温刚燥之弊，断推气分药之中最有捷效而最为驯良者，芳香诸品，殆无其匹。"对于容易心情不好、多愁善感的人来说，体内的气血流畅程度可能会受到一些影响，以玫瑰花作为药粥材料对其较合适。

玫瑰花的香味和药效主要来自其所含有的挥发油。药理研究表明，玫瑰花对一些病毒有抑制作用，其所含有的挥发油还能促进实验动物分泌胆汁。

玫瑰畅气粥

【材料】玫瑰花 6 克，陈皮 6 克，小米 150 克，冰糖适量。

【做法】玫瑰花稍加冲洗，陈皮洗净切丝，小米淘洗干净。锅中加适量水，放入小米、陈皮煮粥，粥将成时放入玫瑰花，煮至粥成，加入冰糖调味即可。

本药粥具有行气疏肝、和胃畅中的功效。适合肝胃不和所致胸胁或脘腹胀痛、不思饮食、嗳气频作、恶心呕吐等人群食用。

［玫瑰畅气粥］

玫瑰和血粥

【材料】玫瑰花 6 克，月季花 6 克，粳米 150 克，红糖适量。

【做法】玫瑰花、月季花稍加冲洗，粳米淘洗干净。锅中加适量水，放入粳米煮粥，粥将成时，放入玫瑰花、月季花，煮至粥成，加入红糖搅拌均匀即可。

本药粥具有活血理气、调经止痛的功效。适合气滞血瘀导致经前乳房胀痛、月经不调、痛经、经前烦躁等人群食用，对于外伤引起的局部肿痛也有一定的缓解作用。

槐　花

青槐花上夏云山

六月御沟驰道间，青槐花上夏云山。
退朝侧帽惊时晚，近树闻香暗咏闲。
新雨贾生车喜出，旧年潘岳鬓添斑。
老惭太学无经术，空饱齑盐强往还。

——宋·梅尧臣《依韵和王景彝马上忽见槐花》

此诗是诗人退朝时看见宫苑的槐花有所感而作。六月盛夏，诗人退朝时，骑在马上，在宫苑河道边看到了槐花，树上槐花点点，背后映衬着远山和白云。看到花时，诗人已经来到了树下，闻到阵阵花香，心中倍感闲适愉悦。驻足赏花的有新晋官员，也有中年鬓白者。诗人惭愧自己年纪虽大，但在学术上没有什么建树，姑且腌菜果腹，清苦过活吧。在古代，国槐是宫中必栽之树，又称“宫槐”，故诗人会在宫苑中见到槐花。夏天盛开的槐花，不浓不烈，清香怡人，可以食用，也可入药，怪不得诗人会为之陶醉不已。

槐树是我国古老的树种之一，《山海经》中就有“首山其木多槐，条谷之山，其木多槐”的记载。古代宫苑中的槐树，如今已是常见的植物，夏季的槐树不仅能为我们带来绿树阴凉，清香的槐花也给我们带来物质和精神上的双重享受。它的香味沁人心脾，可以提取精油，用作香料。槐花可做糕、粥、汤、拌菜、焖饭等，是很多巧妇的拿手食材，食用价值很高。此外，槐花入药，还具有凉血止血、清肝明目的功效。《医林纂要》还认为，槐花有泄肺逆、泻心火、清肝火、坚肾水的功效，对其评价颇高。

据研究，槐花中含有 19 种脂肪酸，蛋白质含量丰富，还含有皂荚类物质、多种维生素和矿物质。药理研究表明，槐花精油对金黄色葡萄球菌、伤寒沙门菌等均有抑制作用；槐花提取物还有抗氧化活性，同时具有抗炎和抗肿瘤作用。

槐花茅根粥

【材料】槐花15克，白茅根15克，糯米150克，白糖适量。

【做法】槐花、白茅根洗净，放入锅中，加水煎煮30分钟，去渣取汁。糯米淘洗干净，放入汤汁中，熬煮成粥，加白糖调味即可。

本药粥具有清热凉血、止血消肿的功效。适合血热引起轻微牙龈出血、口腔溃疡、痔疮出血的人群食用。

[槐花茅根粥]

槐花芹菜粥

【材料】槐花15克，芹菜60克，粳米150克，冰糖适量。

【做法】槐花、芹菜洗净，切碎，备用。粳米淘洗干净，放入锅中，加清水适量，武火煮沸后，改用文火熬煮。粥将成时，加入槐花、芹菜，熬至粥成，加入冰糖调味即可。

本药粥具有退热降火、清肝明目的功效。适合肝火上炎引起头痛、目赤、口苦、急躁、夜寐不安、溲赤便干等人群食用。

花部

槐花

苦平清肺肠

谷部

赤小豆

红豆不堪看

新月曲如眉，未有团圞意。
红豆不堪看，满眼相思泪。
终日劈桃穰，人在心儿里。
两朵隔墙花，早晚成连理。

——五代·牛希济
《生查子·新月曲如眉》

这首词的前半部分以“传情入景”之笔，抒发男女间的相思之苦。以眉比月，暗示相思之人因不得团聚而双眉紧蹙、郁闷不欢的愁苦之态。“红豆”本是相思的信物，但在离人的眼里却贮满了忧伤，令人见之落泪。后半部分词则笔锋一转，流露出充满希冀、积极向上的情感。“终日劈桃穰，人在心儿里”，一语双关，看似百无聊赖的行为，寄托着主人公对心上人丝丝缕缕的爱恋和日复一日的期盼。“两朵隔墙花，早晚成连理”更表明其对爱情充满信心，尽管花阡两朵，一“墙”相隔，但相爱的人终将冲破阻碍，喜结连理。赤小豆，虽然也称红豆，但与诗中的红豆有所不同，作为中药则功效有异，需要辨别。

赤小豆，也称赤豆，是生活中常备的食材之一，既可以用它煮粥、做豆沙，又可以发制赤豆芽，从古至今一直深受国人喜爱。《本草备要》中记载赤小豆：“同鲤鱼煮汁食，能消水肿，煮粥亦佳。”可见古人早已用赤小豆的食疗药膳来调治疾病。中医学认为，赤小豆具有清热解毒、利水消肿、健脾利湿、消积化瘀等功效，可用于水肿胀满、黄疸尿赤、风湿热痹、痈肿疮毒、肠痈腹痛等病症。

现代研究表明，赤小豆对心脏病、肾病、水肿患者均有益。此外，赤小豆还具有降血压、降血脂、调节血糖等作用。赤小豆中含有丰富的膳食纤维，能促进肠道蠕动，有效改善便秘，预防痔疮。

赤豆鲤鱼粥

【材料】赤小豆 30 克，鲤鱼 1 条，粳米 150 克，陈皮 12 克，油、葱、姜、料酒、食盐适量。

【做法】先将鲤鱼宰杀，洗净；葱洗净，切段；姜洗净，切片；陈皮泡软，切丝。取炒锅上火，放入油烧热，下葱段、姜片煸炒至香，倒入料酒，加入水、鲤鱼、陈皮，用小火煨煮至鲤鱼熟烂。捞出鲤鱼，去净骨刺，切薄片。将赤小豆、小米洗净，用冷水浸泡充分后捞出，与鲤鱼肉一起放入锅中，熬煮至粥成，加入盐调味即可。

本药粥具有开胃消食、行气利水的功效。适合食欲不振、消化不良、有腹胀水肿倾向的人群食用。

赤豆薏米粥

【材料】赤小豆 30 克，南瓜 60 克，薏苡仁 60 克，小米 120 克。

【做法】赤小豆、薏苡仁洗净，放入水中浸泡 3 小时以上；南瓜去皮，去籽，洗净，切块。小米洗净，放入锅中，倒入适量水，加入赤小豆、薏苡仁，武火煮沸，放入南瓜，转文火熬煮成粥即可。

本药粥具有健脾除湿、瘦身消脂的功效。适合脾虚食少、纳呆便溏、轻微水肿、小便不畅、身体肥胖的人群食用。

黑芝麻

胡麻灵药本仙芭

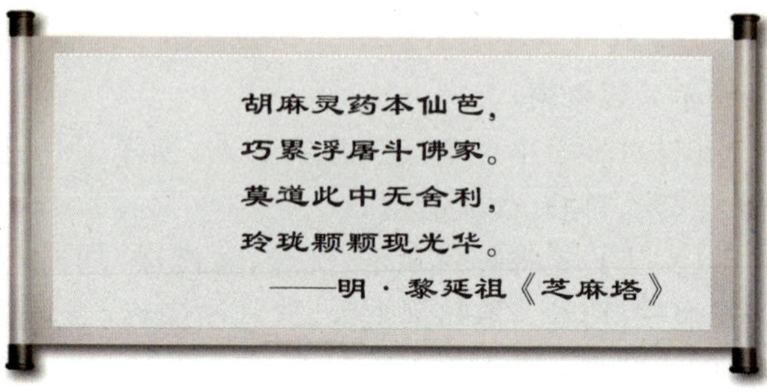

胡麻灵药本仙芭，
巧累浮屠斗佛家。
莫道此中无舍利，
玲珑颗颗现光华。
——明·黎延祖《芝麻塔》

本诗充满了诗人对芝麻的赞美。胡麻是芝麻的别称，功效较好、能入药的主要指黑芝麻，如唐代《新修本草》中记载胡麻“都以乌者良，白者劣尔”，故诗中“灵药本仙芭”应该是指黑芝麻。用小小的芝麻蒴果垒成的塔似佛塔样精巧，不要说芝麻塔中没有象征着高深福德智慧的舍利子，看那一颗颗玲珑的芝麻，汇聚着天地精华，也闪耀着自己的光彩。黑芝麻虽小，但作为种子，它孕育着整株植物的生命能量，同时也能为人类提供一份健康的守护，也许这就是诗人将其比作佛陀舍利的原因所在吧。

说到黑芝麻，不少人会想到十几年前电视上“黑芝麻糊”的广告，“一缕浓香，一股温暖”。的确，黑芝麻糊浓香四溢，让人心生向往。黑芝麻不仅美味，还有延年益寿的功效，自古以来都受到人们的喜爱。在古代，黑芝麻曾被称为“仙家食品”，东晋的炼丹家葛洪的《抱朴子》中就有制作黑芝麻丸来养生的记载；《神农本草经》上说胡麻“益气力，长肌肉，填髓脑。久服，轻身不老”；《本草备要》中也说其能“补肝肾，润五脏，滑肠”“明耳目，乌须发，利大小肠，逐风湿气”。由此可见，古人已经将黑芝麻的功效总结得较为全面了。

药理研究表明，黑芝麻油中所含有的不饱和脂肪酸能够降低血脂，从而对心血管起到保护作用，其有效成分还具有抗癌、抗菌、延缓衰老和抗氧化作用。黑芝麻中的黑色素对肝脏也有保护作用。

黑芝麻桑椹粥

【材料】黑芝麻 30 克，干桑椹 15 克，黑米 150 克，白糖适量。

【做法】黑芝麻炒熟、研末，干桑椹、黑米淘洗干净。锅中加水适量，放入干桑椹、粳米，熬煮成粥，拌入黑芝麻末和白糖即可。

本药粥具有补肝肾、益精血的功效。适合肝肾精血不足引起头晕心慌、目糊眼花、须发早白等人群食用。

［黑芝麻桑椹粥］

黑芝麻羊肉粥

【材料】黑芝麻 30 克，肉苁蓉 9 克，羊肉 150 克，粳米 150 克，葱末、姜末、盐各适量。

【做法】羊肉洗净、切丝，黑芝麻炒熟，肉苁蓉洗净，粳米淘洗干净、浸泡 1 小时。锅中加适量水，放入肉苁蓉，煎煮 30 分钟，去渣取汁。将粳米、羊肉放入汤汁中煮沸，加入葱末、姜末，煮粥。粥成时加入黑芝麻搅拌均匀，加盐调味即可。

本药粥具有益肾温阳、润肠通便的功效。适合肾阳不足引起神疲乏力、失眠健忘、四肢怕冷、腰膝酸软等人群食用。由于黑芝麻、肉苁蓉有较好的温阳通便功效，故阳虚便秘的老年人也适合食用本药粥。

薏苡仁

辟湿初闻薏苡仁

辟湿初闻薏苡仁，
涯翁诗里见来真。
东风吹送台端贶，
活火山泉共作春。
——明·邵宝《谢张提学惠薏苡仁》

从本诗的诗题可以看出，其是诗人为感谢“张提学”惠赠薏苡仁所作。原诗中还有一个题注“柬云涯翁作粥服之有辟湿之验”，诗人听说云涯翁服用薏苡仁粥可以祛湿，也想亲身验证。诗的前两句亦是明确了写作背景和缘由。“台端”是对对方的敬称；“贶”为赠送之意，张提学的赠送如春天的东风，吹暖人心。诗人吃了他送来的薏苡仁，感到身体里的湿气被驱散了，活力恢复了，体内水火既济，阴阳调和，如沐春风。全诗表达一个“谢”字，而让诗人身心舒畅、心生感激的，其实是本篇的主角——薏苡仁。

薏苡仁是一种古老的药食两用佳品，在远古时期流传下来的《神农本草经》中，列其为上品，并对它除痹、排脓、解毒散结的功效给予了肯定。薏苡仁色白形圆，故又叫“薏珠子”，如《本草图经》中记载薏苡仁“春生苗，茎高三四尺，叶如黍，开红白花作穗子……结实，青白色，形如珠子而稍长，故呼薏珠子”。明代李时珍认为，薏苡仁发挥作用是通过健脾益胃来实现的，其曰：“薏苡仁，阳明之药也，能健脾益胃。虚则补其母，故肺痿、肺痈用之。筋骨治病，以治阳明为本，故拘挛筋急风痹者用之。土能胜水除湿，故泄泻水肿用之。”

现代药理学研究显示，薏苡仁在抗肿瘤、抗骨质疏松、抗氧化、降低血糖等方面有较好的作用。

薏米苓术粥

【材料】薏苡仁 30 克，茯苓 15 克，白术 15 克，粳米 150 克，白糖适量。

【做法】薏苡仁、粳米洗净，浸泡 1 小时。茯苓、白术洗净，放入锅中，加水煎煮，去渣留汁。将薏苡仁、粳米放入汤汁中，共熬成粥。粥成加白糖调味即可。

本药粥具有健脾止泻、利水渗湿的功效。适合脾虚湿盛、腹胀、纳少、小便不利的人群食用。

［薏米绿豆粥］

薏米绿豆粥

【材料】薏苡仁 30 克，绿豆 30 克，鲜薄荷 6 克，粳米 150 克，冰糖适量。

制法：将鲜薄荷洗净，切碎；薏苡仁、绿豆、粳米洗净，浸泡 1 小时。锅中加适量水，放入薏苡仁、绿豆、粳米，共熬成粥。粥将成时，加入鲜薄荷，盖上锅盖再煮 5 分钟，加入冰糖调味即可。

本药粥具有清热利湿、解郁疏风的功效。适合夏季暑热烦渴、食少纳呆、气滞不舒的人群食用。

芡 实

芡实遍芳塘

芡实遍芳塘，
明珠截锦囊。
风流熏麝气，
包裹借荷香。
——宋·姜特立《芡实》

诗人姜特立是浙江丽水人，生活在南宋时期。主产于秦岭淮河以南的芡实，应是常见之物。据历史记载，当时姜氏的诗词深受宋孝宗的赏识，并委以其重任。清代的《四库全书总目提要》对他诗词的评价也颇高，曰其“意境特为超旷，往往自然流露，不事雕琢”。本诗亦是如此：又圆又大的绿叶遍布池塘，叶间露出朵朵莲花满塘芬芳，成熟的芡实被包裹在圆鼓鼓的种皮里，好似锦囊里藏着颗颗明珠。把芡实用荷叶包裹严实，撒上麝香水，用红细绳捆扎，芡实染荷香，郁郁菲菲，让人感到欢喜愉快。

夏末秋初，是苏州人常说的“水八仙”之一——芡实上市的时候，当地人多称它为鸡头米，因包裹芡实的囊状种皮头上尖尖，形似鸡头而得名。人们视它为盘中珍馐，堪比仙果。芡实不仅味道鲜美，其补养功效也是上乘。正如江南医家叶天士在《本草经解》中说芡实：“益精气，强志，令耳目聪明，久服轻身不饥，耐劳神仙。”芡实入药也有良好功效，如清代医家徐大椿对它赞誉极高：“鸡头实，甘淡，得土之正味，乃脾肾之药也……脾恶湿而肾恶燥，鸡头实淡渗甘香，则不伤于湿，质黏味涩，而又滑泽肥润，则不干燥，凡脾肾之药，往往相反，而此则相成，故尤足贵也。”芡实入药可益肾固精，健脾止泻，祛湿止带。

芡实中含有碳水化合物、蛋白质与氨基酸，还含有丰富的矿物质、维生素以及甾醇类、黄酮类化合物。药理作用主要有抗氧化、抗疲劳、抗心肌缺血、降血糖、抑菌等，尤其在延缓衰老、改善记忆力方面作用突出。

芡实莲子红枣粥

【材料】芡实 15 克，干莲子 15 克，红枣 15 克，糯米 150 克。

【做法】芡实、莲子、红枣、糯米分别洗净，芡实、莲子、糯米放入水中浸泡 2 小时。锅中倒入适量水，将上述材料共同煮粥即可。

本药粥具有益肾固精、止遗止带的功效。适合脾肾两亏引起夜尿频多、带下过多等人群食用，也可用于小儿遗尿的食疗。

[芡实莲子红枣粥]

芡实扁豆山药粥

【材料】芡实 15 克，白扁豆 15 克，山药 15 克，粳米 150 克，红糖适量。

【做法】芡实、白扁豆洗净，放入水中浸泡 2 小时，山药去皮、切片。锅中倒入适量水，放入芡实、白扁豆、山药、粳米，共煮成粥。粥成加入红糖调味即可。

本药粥具有健脾益气、补虚健体的功效。适合脾胃虚弱引起的面色萎黄、失眠乏力、消化不良、腹胀便溏、食少久泄等人群食用。可作为体弱老年人、先天不足小儿以及胃肠道手术者恢复期的食疗调养。

淡豆豉

监豉聊供旧使君

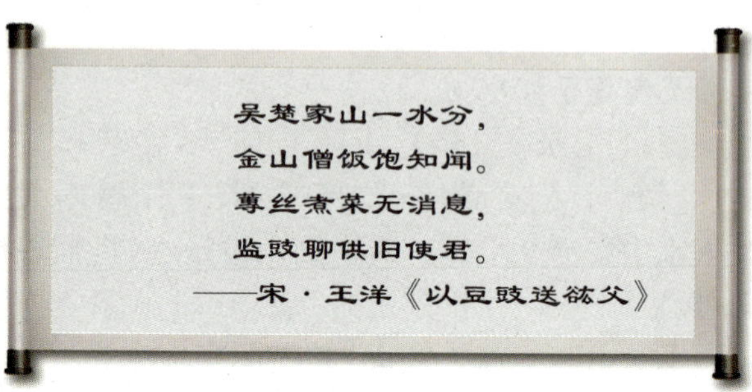

吴楚家山一水分，
金山僧饭饱知闻。
蓴丝煮菜无消息，
监豉聊供旧使君。
——宋·王洋《以豆豉送a父》

这首诗是诗人送别友人时所作，他写道：我和a父君吴楚两地的故乡被一条浩荡的长江水所分隔，金山寺的粗茶淡饭只够让朋友（知闻）吃饱而已，用莼菜煮的菜汤还没有做好，姑且只能先拿我自己制作的豆豉招待你，以等待莼菜汤端来。由此可见，古代文人闲来自己会制作淡豆豉，当作招待客人的小菜食用。

淡豆豉在我们生活中较为常见，很多人做菜都喜欢放一点淡豆豉，不仅可以增加食物的香味，同时还可以健胃消食，增加食欲。很多人认为，淡豆豉只是一种调味的食物，实则不然，它除了具有食用价值外，还有很好的药用价值。《名医别录》中记载淡豆豉："主伤寒头痛寒热，瘴气恶毒，烦躁满闷，虚劳喘吸，两脚疼冷。"中医学认为，淡豆豉味苦、性寒，归肺、胃经，具有解表、除烦、宣发郁热、调中等功效，常用于感冒、寒热头痛、烦躁胸闷、虚烦不眠、食欲不振等病症。对于一些胃热嘈杂、肝郁烦躁、心烦失眠的人，适量食用一些淡豆豉粥，是不错的选择。

现代研究表明，淡豆豉主要含蛋白质、脂肪、碳水化合物、维生素、烟酸、钙、铁、磷等，还含有皂苷类物质，尤其含有丰富的异黄酮类及多糖类活性成分，具有调节血脂、抗动脉硬化、抗骨质疏松等作用。

淡豆豉菊花粥

【材料】淡豆豉 30 克，白菊花 12 克，薄荷叶 6 克，大米 150 克，冰糖适量。

【做法】将白菊花、薄荷叶用干净纱布包好，大米淘洗干净。锅中加入适量水，放入纱布袋、淡豆豉、大米共煮成粥，熟后拣出纱布袋，冰糖调味即可。

本药粥具有散风清热、平肝明目等功效。适合头痛眩晕、目赤肿痛、眼目昏花、咽干喉痛的人群食用。

［淡豆豉菊花粥］

淡豆豉葛根粥

【材料】淡豆豉 15 克，葛根 30 克，生姜 3 片，葱白 3 段，粳米 120 克。

【做法】将葛根、生姜、葱白放入砂锅内，加入适量清水，煎煮 15 分钟，去渣取汁。粳米、淡豆豉淘洗干净，放入锅内，加入清水 600 毫升和煎煮好的药汁，武火煮开，改用文火熬煮成粥即可。

此药粥具有解表邪、清内热的功效。适合夏季容易外感风寒、头身疼痛、内有郁热、心烦口渴的人群食用。

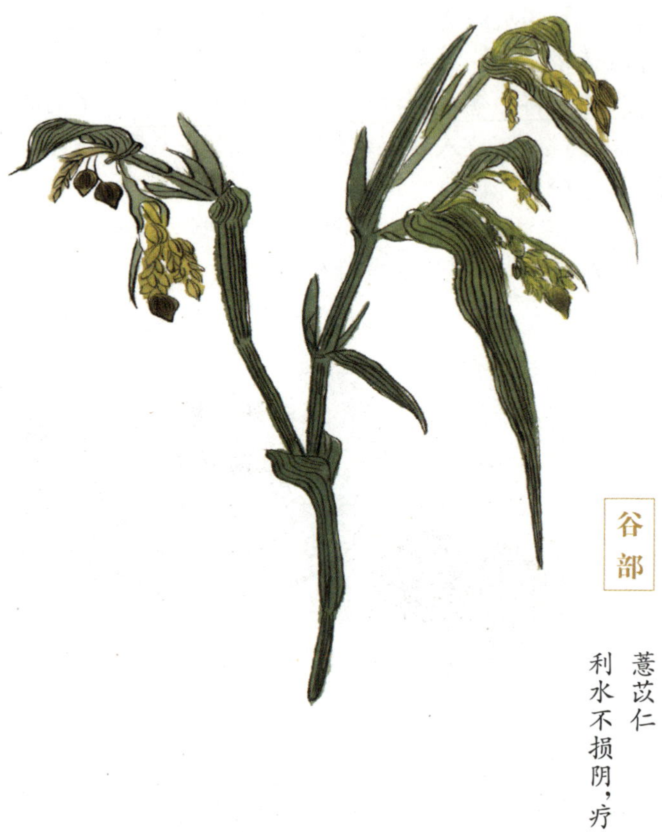

谷部

薏苡仁

利水不损阴，疗湿痹有神

果部

桂　圆

秋林圆实著嘉名

荔子如今尚典刑，
秋林圆实著嘉名。
虽无赪玉南风面，
却耐筠笼千里行。
——宋·张栻《岭南荔枝不可寄远龙眼新熟辄以五日颗奉晦叔》

本诗原题为“岭南荔枝不可寄远龙眼新熟辄以五日颗奉晦叔或可与伯逢共一酌也”，诗人觉得岭南荔枝虽好，但不耐运输，不如用新熟的龙眼与亲友品尝。荔枝的出名源自“一骑红尘妃子笑”，鲜美的荔枝确实诱人，但由于难以保鲜，一路不知累死多少马匹。与杜甫角度不同的是，本诗关注的是另一种佳果——龙眼(即桂圆)。虽然龙眼不似荔枝如红玉般美妙，“却耐筠笼千里行”，放在竹筐里行程千里仍然鲜香。桂圆的好处不只耐运输、味道鲜美不输荔枝，而且有很多保健功效也不逊于荔枝。

桂圆又叫龙眼，其形圆肉白核黑，形似龙眼，如《本草纲目》上说“龙眼、龙目，象形也”，许多民间传说也与“龙的眼睛”有关。桂圆产于福建、广东、广西等地，在交通发达的今天，就算身在北方，吃到新鲜甜美的桂圆也并非难事，而且可以将桂圆除壳去核，晒至干爽不黏，运输和保存就更方便了，入药时大多用的也是桂圆干。关于桂圆与荔枝在药性上的区别，明代著名医家李时珍说：“食品以荔枝为贵，而资益则龙眼为良，盖荔枝性热，而龙眼性和平也。”龙眼甘温质润，主入心脾经，功善补益心脾、养血安神，既不滋腻，也不壅气，为性质平和的药食两用滋补佳品。

桂圆含糖量较高，脂类、核苷类、总黄酮、氨基酸等物质的含量也较为丰富。药理研究表明，桂圆具有抗应激、抗焦虑、抗氧化、延缓衰老、抗菌等作用，其乙醇提取物对内分泌系统也有一定影响。

桂圆石斛粥

【材料】桂圆肉30克，石斛15克，粳米150克。

【做法】粳米淘洗干净，放入水中浸泡1小时。石斛煎汤取汁，粳米放入石斛汤中，武火煮沸，加桂圆肉，转文火，熬煮成粥即可。

本药粥具有补脾益胃、滋阴养心的功效。适合脾胃虚弱、素体阴虚、神经衰弱、手足心热、纳少腹胀、便干难解的人群食用。

［桂圆归枣粥/陈海·上海］

桂圆归枣粥

【材料】桂圆肉30克，当归6克，红枣15克，糯米150克。

【做法】全当归洗净，放入锅中，加水煎汤，去渣取汁；红枣、糯米分别洗净。锅中倒入适量水，放入糯米，煮沸，再加汤汁、桂圆肉、红枣，共同熬煮成粥即可。

本药粥具有养血益气、补血安神的功效。适合心脾血虚而出现面色不华、心悸不宁、头晕失眠、乏力困倦，以及女性月经量少色淡等人群食用。本药粥补血效佳，对于容易血虚的女性尤其适合，还可以美容养颜。

大　枣

簌簌衣巾落枣花

簌簌衣巾落枣花，村南村北响缲车，
牛衣古柳卖黄瓜。
酒困路长惟欲睡，日高人渴漫思茶，
敲门试问野人家。
——宋·苏轼《浣溪沙·徐门石潭谢雨道上作五首，潭在城东二十里，常与泗水增减清浊相应》

这首词是苏轼任徐州（徐门）太守时，为民求雨后到石潭谢雨途中所作，主要写作者途中所见、所闻与所感，用形象生动的笔触描写农村风光，反映农民的情绪，为农民的喜悦而欣慰，对农民的疾苦寄以同情。诗中写道：一阵微风吹过，路边枣树上细小的枣花簌簌落下，有的挂在行人的衣襟上；听村南村北响起缫丝车的吱呀声，人们都在为生计忙碌着；村中那棵古柳底下，有一个身穿粗布衣的老翁在叫卖着自家种的黄瓜。前路漫漫，酒醉之意涌上心头，加之车马颠簸，昏昏然只想小憩一番。醒来后太阳正当中午，人倦口渴，好想喝些茶水解渴，便敲开野外村民家，问可否给碗水喝？词中提到了枣花，说明当时已有人在种植枣树，它耐旱、多果，在干旱的年月，等大枣成熟时，不仅可以拿来充饥，还可以入药。

种植大枣在中国已有数千年历史，早在西周时期，人们就开始利用红枣发酵酿造红枣酒。古代典籍对其记载颇多，《诗经》中云“八月剥枣”；《礼记》上说“枣栗饴蜜以甘之”，并用于菜肴制作；《战国策》载“北有枣栗之利……足食于民”；《韩非子》还记载了秦国饥荒时用枣栗救民的事。因此，枣被称为“铁杆庄稼”“木本粮食”之一，显示其实用价值。大枣用作药材也很早，《神农本草经》即已收载，其味甘、性温，归脾、胃经，有补中益气、养血安神、缓和药性的功效，常用于脾虚食少、乏力、便溏、心悸、失眠、盗汗、妇人脏躁等病症。

大枣解郁粥

【材料】红枣 15 枚,薄荷叶 12 克,小麦 30 克,粳米 120 克。

【做法】红枣洗净,去核,切丁;薄荷煎汤,去渣留汁;小麦、粳米淘洗干净,放入锅中,加薄荷汤汁,武火煮沸,加大枣丁,转文火熬煮成粥即可。

本药粥具有疏肝解郁、补脾安神的功效。适合肝气郁结、脾胃虚弱、心烦失眠的人群食用。

[大枣养胃粥/老梁·西安]

大枣养胃粥

【材料】大枣 15 枚,小米 60 克,南瓜 60 克,糯米 60 克。

【做法】大枣去核,洗净,切小块;小米、糯米分别淘洗干净;南瓜去皮、籽,洗净,切小块。锅中倒入适量水,放入小米、糯米,武火煮沸,转文火,加大枣、南瓜,熬煮至粥黏稠,用勺子慢慢搅拌均匀。

本药粥具有补中益气、健脾养胃的功效。适合气虚乏力、久病体虚、食欲不振的人群食用。

木 瓜

口念木瓜医脚气

口念木瓜医脚气，
纸画钟馗驱鬼祟。
一生若解和罗槌，
日日吃酒日日醉。
——宋·释道枢《颂古三十九首其一》

木瓜善于祛湿除痹，可用来治疗脚气病。诗僧口中默念“木瓜”，期望能够以此来治疗他的脚气病。钟馗是中国传统文化中的“唐·赐福镇宅圣君”，传说为驱邪打鬼之神，所以民间常画其像以求平安。“和罗槌”为旧时乞丐唱《莲花落》等时打拍用的板，比喻简单的谋生手段。诗僧认为，一辈子能掌握一门谋生手段就足够每日畅饮了，表达了一种人生在世，若能懂得寻常之乐，自能知足常乐的生活态度。

木瓜果皮光滑美观，果肉厚实细致、香气浓郁、汁水丰多、甜美可口、营养丰富，有“百益之果”“水果之皇”“万寿果”之雅称，是岭南四大名果之一。木瓜鲜美，兼具食疗作用，因其美容功效，许多女性都很喜欢吃。中医学认为，木瓜性温、味酸，具有除湿利痹、缓急舒筋、消食、治脚气的功效，主治胃痛、消化不良、乳汁不通、湿疹、手脚痉挛疼痛、脚气等病症。

现代研究发现，木瓜富含17种以上氨基酸及钙、铁等，还含有木瓜蛋白酶、番木瓜碱等。此外，木瓜含有胡萝卜素和丰富的维生素C，有较强的抗氧化能力，能够帮助机体修复组织，消除有毒物质，增强人体免疫力。

木瓜羊肉粥

【材料】木瓜 60 克，羊肉 120 克，粳米 150 克，豌豆 60 克，草豆蔻 3 克，胡椒粉、盐适量。

【做法】将草豆蔻、豌豆、粳米分别洗净；羊肉洗净，切成小块；木瓜去皮、去瓤，切块，放入榨汁机中榨成汁。锅中倒入适量清水，放入羊肉、粳米、豌豆、草豆蔻，武火煮沸，加木瓜汁，转文火继续熬煮成粥，加胡椒粉、盐调味即可。

此药粥具有化湿和胃、补脾益肾的功效。适合食欲不振、脾胃虚寒、大便偏软的人群食用。

木瓜桂杞粥

【材料】木瓜 1 个，桂圆 15 枚，枸杞子 30 克，葡萄干 15 克，糯米 150 克，冰糖适量。

【做法】将木瓜冲洗干净，用冷水浸泡后，上笼蒸熟，趁热切成小块。桂圆去壳，枸杞子、葡萄干用温水泡开。糯米淘洗干净，用冷水浸泡半小时，捞起，沥干水分。锅中加入适量水，放入糯米，武火煮沸，转文火熬煮 30 分钟，加入木瓜块、枸杞子、葡萄干和桂圆肉，再煮一二沸，加冰糖调味，续煮至糯米软烂即可盛起食用。

本药粥具有健脾益血、抗衰养颜的功效。适合工作压力较大、皮肤干燥、气血偏亏的人群食用。

桃　仁

谢公近似喻桃仁

程子精微谈谷种，
谢公近似喻桃仁。
要须精别性情异，
方识其言亲未亲。

——宋·真德秀《咏仁》

南宋诗人真德秀为宋代理学家朱熹的传人，他发扬朱熹的理学思想，创“西山真氏学派”。诗中“程子”即指北宋理学家程颐，是程朱理学的代表人物。“谢公”是宋朝政治家、文学家、药学家谢伋，他官至太常少卿，晚年辞官隐居黄岩，开辟药园，自号“药寮居士”，著有《药寮丛稿》20卷。朱熹与谢公有密切交往，曾作《题谢少卿药园二首》。在本诗中，程子以谷物种子为话题，谈自己的看法，谢公以入药的桃仁作比喻，说必须要亲自去了解种仁之间具体的差异，才能知道他们的言论正确与否。本诗借种仁辨识谈道学的方法。

《诗经》里“桃之夭夭，灼灼其华”，是诗人看见春天鲜艳的桃花，联想到新娘的年轻貌美。也许是因为先人看到桃花的美，所以想去尝试探究桃仁的功效。神农尝百草，曰桃仁：“主瘀血、血闭瘕邪，杀小虫。桃花杀注恶鬼，令人好颜色。”桃仁主入血分，如《本草经疏》中说桃仁主治“凡经闭不通由于血枯，而不由于瘀滞；产后腹痛由于血虚，而不由于留血结块；大便不通由于津液不足，而不由于血燥秘结，法并忌之”。它的主要功效是活血祛瘀，润肠通便，止咳平喘。

研究表明，桃仁中含有多种脂肪酸类成分，还含有甾醇、糖苷类、蛋白质和氨基酸类。实验证实，桃仁具有抗凝血作用，其中的总蛋白还有抗炎、抗过敏作用，桃仁中含有45%的脂肪油，可润滑肠道，利于排便。此外，桃仁的总蛋白还能够提高机体免疫功能。

桃仁玫瑰粥

【材料】炒桃仁6克，玫瑰花3克，粳米150克，红糖适量。

【做法】桃仁浸泡后去皮尖；玫瑰花、粳米淘洗干净。锅中加入适量水，放入桃仁、玫瑰花，煎煮，去渣取汁。粳米放入药汁中，熬煮成粥。粥成时加红糖搅拌均匀即可。

本药粥具有活血化瘀、散寒止痛的功效。适合血瘀寒凝所致月经不畅、痛经、产后腹痛、关节冷痛等人群食用。

[桃仁玫瑰粥]

桃松芝麻粥

【材料】炒桃仁6克，芝麻15克，松子仁9克，粳米150克，冰糖适量。

【做法】桃仁、松子仁、芝麻一起焙干打粉，成三仁粉。粳米洗净，放入锅中，加入适量水熬粥。粥成时，加入三仁粉，搅拌均匀，加冰糖调味即可。

本药粥具有益精健脑、润肠通便的功效。适合精血不足引起失眠、健忘、习惯性便秘等中老年人群食用。

山　楂

楂梨垂户扉

田家喜秋熟，岁晏林叶稀。
禾黍积场圃，楂梨垂户扉。
野闲犬时吠，日暮牛自归。
时复落花酒，茅斋堪解衣。
——唐·万楚《题江潮庄壁》

此诗，开门见山，直奔主题“田家喜秋熟”，然后描写秋天的景致，岁宴又要进入倒计时了，此时山林的叶子开始落叶。不过，正是这一“岁晏”，让秋收的喜悦之情满满。收获的粮食堆积在晒场，很快就要入仓廪了；山楂、梨，硕果累累地在门扉窗棂前晃动。看家的狗，也不时高兴地叫几声，牛在夕阳下归家了。这时节，这傍晚，对于农人来说，对于诗人来讲，只有一件事可以做，就是饮酒庆祝，待酒醺后解衣高卧。哪怕自家的茅屋比不上城里的高楼华堂，也怡然自乐。

提到山楂，很多人都会想到糖葫芦，酸酸甜甜，口感极佳。殊不知，山楂果可生吃或做成果脯、果糕，又可以煮粥、做菜、泡酒，干制后还能入药。中医学认为，山楂具有消食积、散瘀血、驱绦虫的功效。《本草纲目》中记载：“山楂化饮食，消肉积、癥瘕、痰饮痞满吞酸、滞血痛胀。”《本草新编》记载山楂：“煮肉少加，须臾即烂，故尤化肉食。此伤诸肉者，必用之药也，佐使实良。”可见，山楂对肉食积滞有很好的效果，尤适合小儿食用。

现代研究表明，山楂的有效成分有机酸、山楂黄酮对伤食腹满饱胀、冠心病、血脂异常、肥胖症、维生素C缺乏症等有一定治疗作用。

山楂莲枣粥

【材料】山楂肉 30 克，粳米 150 克，莲子 30 克，红枣 30 克。

【做法】山楂肉、红枣、莲子分别洗净，放入砂锅，加水煮至莲子熟烂，加淘洗干净的粳米，继续熬煮成粥即可。

本药粥具有健脾、补气、养血的功效。适合脾胃虚弱、消化不良、倦怠无力的人群食用。

［山楂］

山楂瘦肉粥

【材料】山楂 30 克，瘦肉 90 克，粳米 120 克，生姜末、葱花、盐各适量。

【做法】山楂洗净，放入纱布包中封口；瘦肉洗净，切丝；粳米淘洗干净。锅中倒入适量水，放入纱布包，煎煮 30 分钟，捞出纱布包，放入粳米、瘦肉、姜末，继续熬煮成粥，粥成时加入葱花、盐调味即可。

本药粥具有健脾、养胃、补虚的功效。适合食欲不振、身体消瘦、食后腹胀的人群食用。

杏 仁

出林杏子落金盘

出林杏子落金盘。齿软怕尝酸。
可惜半残青紫，犹有小唇丹。
南陌上，落花闲。雨斑斑。
不言不语，一段伤春，都在眉间。

——宋·周邦彦《诉衷情·出林杏子落金盘》

本诗意为：刚刚摘下来的杏在闪着金光的盘子中滚动，清新的果香扑面而来。新鲜的杏子十分诱人，少女先尝为快，但杏还没熟透，酸多甜少，颜色也是青紫未红，咬下一口，牙齿酸软，杏子上留下一道小小的口红印。杏林附近，田间小路，落花满地，春雨点点，而杏子将熟，春逝夏至，少女伤春，娥眉微蹙，重重心事，说与谁听？本诗中的杏子鲜脆清香、青紫带酸，给人印象深刻。其实，不仅杏果能给人带来美妙的口感，杏核里的杏仁也有祛病健身的作用。

喜欢杏仁的人，往往被它浓郁的香味所吸引。我们常吃的杏仁又叫南杏仁、甜杏仁，常见的杏仁露、杏仁酥、杏仁饼等基本用的都是甜杏仁，加入杏仁的菜肴糕点总是具有独特的风味。可入药的是北杏仁、苦杏仁。中医学认为，杏仁具有止咳平喘、润肠通便的作用。如《本草求真》中载："杏仁，既有发散风寒之能，复有下气除喘之力，缘辛则散邪，苦则下气，润则通便，温则宣滞行痰。"可见，杏仁既是美味食材，又是效著良药，是制作药粥的好材料。

杏仁中主要含有蛋白质、杏仁油、挥发油、矿物质等成分。药理学实验表明，杏仁能够镇咳、镇痛、抗凝血，具有抗氧化、抗血栓和降血脂作用。杏仁中所含的维生素、磷等成分对改善脑部营养有很大益处，具有补脑益智的作用。需注意，苦杏仁有小毒，一次服用量不可超过 30 克。

杏仁百合梨粥

【材料】杏仁 6 克，百合 15 克，鲜鸭梨 150 克，粳米 150 克。

【做法】新鲜鸭梨洗净，切丁；杏仁去皮、尖；百合洗净；粳米淘洗干净。锅中加入适量水，放入百合、杏仁和粳米，武火煮沸，搅拌，文火煮，粥将成时放入鸭梨丁，一边搅拌一边熬煮，粥成梨熟即可。

本药粥具有滋阴润肺、清热止咳的功效。适合肺燥阴虚咳嗽、口干、咽干的人群食用。

［杏仁］

杏仁核桃仁粥

【材料】杏仁 6 克，核桃仁 30 克，大米 150 克，蜂蜜适量。

【做法】杏仁去皮，与核桃仁一起捣成碎末；大米淘洗干净。锅中加入适量水，放入大米煮沸，放入杏仁、核桃仁，转文火熬煮成粥，待粥稍凉，调入蜂蜜即可。

本药粥具有降肺止咳、润肠通便的功效。适合咳嗽、咳痰、便秘的人群食用。

银　杏

银杏低垂颗颗圆

新买湖头十亩园，绿阴罅里见青天。
金樱相亚枝枝袅，银杏低垂颗颗圆。
仰看乌鸢翔古木，俯视鸥鹭戏暗川。
便须临水营台榭，要与渔樵乐暮年。
——宋·吴芾《再和四首其一》

本诗描绘的是闲适自然、清新悦动的田园生活。诗人在湖边新买了十亩园子，兴致正浓，徜徉其中。晴朗的天空、柔和的阳光从繁茂绿叶的缝隙中透出来。这边是金樱树枝丫缠绕，形态万千；那边是银杏果挂满枝头，圆润饱满；抬头看，乌鸦和老鹰在古木上盘旋；低头望，鸥鸟和鹭鸟在溪流边嬉戏。这样的美景，让诗人决定在湖边搭建房屋，与渔夫和樵夫为伴，快乐度过淡然朴实的晚年生活。诗人的园子里，银杏和金樱交相辉映，意趣怡然，尤其是银杏树，深受人们喜爱，而银杏也曾作为“圣果”“仙果”进贡皇家。

银杏是我国特有的珍稀植物，从古至今，我们漫长的生活画卷中从不缺少它的身影。秋天，是银杏最美的季节，一簇簇、一排排、一片片金黄的银杏树林就像温暖的阳光，映亮脸庞，照进心房。金黄色也意味着银杏种子的成熟，剥开外皮，白色硬壳包裹的便是银杏。小小的银杏，风味独特，可入粥食，在补养防疾方面也有大用处。《本草便读》载银杏“上敛肺金除咳逆，下行湿浊化痰涎”；《本草纲目》说其“熟食温肺益气，定喘咳，止白浊”。中医学认为，银杏具有敛肺定喘、收涩止带、固精缩尿的功效。

值得注意的是，白果中含有致敏物质，在食用时要注意去除外层的薄衣和中间的胚芽，而且不宜生吃和大量食用。

银杏腐皮粥

【材料】银杏 6 枚，豆腐皮 60 克，粳米 150 克。

【做法】先将银杏去壳、种皮，放入水中煮 5 分钟，去心，切碎；豆腐皮切段；粳米淘洗干净。锅中倒入适量水，加粳米、腐皮、银杏，共熬煮成粥即可。

本粥具有敛肺止咳、收涩止带的功效。适合肺虚气逆的慢性咳喘人群以及体虚白带偏多的女性食用。

［银杏／浦锦宝摄］

银杏瑶柱粥

【材料】银杏 6 枚，瑶柱（干贝）9 颗，瘦肉 60 克，粳米 150 克，生姜 3 片，盐、香油、生粉适量。

【做法】先将瑶柱放入水中浸泡 2 小时，撕成丝状；银杏去壳、种皮，放入水中煮 5 分钟，去心，切碎备用；瘦肉焯水，沥干切丁，用生粉、盐、香油腌制片刻。粳米淘洗后放入锅中，加适量水，武火煮沸，加银杏、生姜、瑶柱、瘦肉，转文火，熬煮成粥即可。

本粥具有润肺止咳、养阴调中的功效。瑶柱即是干贝，与银杏搭配不仅味道鲜美，还能发挥很好的滋补作用。适合肺燥干咳、阴虚口干的人群食用。

余甘子

率以初尝废后甘

愁苦人意未相谙，
率以初尝废后甘。
王氏有诗旌橄榄，
可怜遗咏在巴南。
——宋·程敦厚《余甘子》

余甘子入口的感觉是酸涩中带着一丝苦涩，回味起来却是甘甜的，很多人因为初尝的苦涩而放弃了品尝回甘的机会，这种先苦后甜，与本诗开头“愁苦人意”有某种契合之处，是诗人留给读者的思考空间。余甘子又称“滇橄榄”，曾经有诗歌赞扬它，可惜只在巴南偏僻之地吟咏流传。余甘子因回甘而得名，诗人将其味觉感受上升到了人生哲理的境界。不仅如此，有这种特殊回甘的余甘子也有很好的食用和药用价值。

余甘子原产地并非在我国，据说最早来自印度，又叫做庵摩勒，在印度古医书中被誉为“长寿药”。许多南方的老人至今还记得，当年乡村人家的枕头常用余甘子的叶子填充，因其具有清香安神的功效。不少岭南人用甘草、蜂蜜或盐腌制余甘子当凉果吃，潮汕地区还有用它煲汤的做法，可见余甘子在人们心中还是有一席之地的。中医学认为，余甘子味甘、微涩，性凉，归脾、胃经，具有清热利咽、润肺化痰、消食健胃、生津止渴的功效。对于身处湿热之地的南方人来说，余甘子也适合用作日常食疗。

余甘子约含有26%的油脂，其不饱和脂肪酸含量为93%，还有大量酚类、挥发油，矿物质、氨基酸、糖类、香豆素的含量也很丰富。药理研究表明，余甘子可诱导毒物代谢，从而保护肝脏，具有降低血脂、抗动脉硬化，以及抗炎抗菌、抗肿瘤和增强免疫力的作用，对延缓衰老也有一定作用。

余甘芦桔粥

【材料】余甘子 15 克，芦根 15 克，桔梗 6 克，粳米 150 克，冰糖适量。

【做法】余甘子、芦根、桔梗洗净，用干净纱布包裹，扎紧袋口；大米淘洗干净，浸泡 1 小时。锅中加入适量水，将药包放入锅中，煎煮 2 次，去渣留汁。粳米放入药汁中，煮成粥，加入冰糖调味即可。

此粥具有清热利咽、生津止渴的功效。适合风热犯肺所致感冒咽痛、口干烦渴、咳嗽痰黏等人群食用。

余甘瘦肉粥

【材料】余甘子 15 克，瘦肉 150 克，粳米 150 克，生姜末、盐各适量。

【做法】余甘子洗净；瘦肉洗净，切丝；粳米淘洗干净，浸泡 1 小时。锅中加适量水，放入余甘子，煎煮 2 次，去渣留汁。将瘦肉、生姜末、粳米放入药汁中，共煮成粥。粥成加入盐调味即可。

本药粥具有清肺润燥、消食健胃的功效。适合肺燥食积所致口干咽燥、咳嗽烦渴、食欲不振、消化不良等人群食用。

陈　皮

黄柑甘橘郁薰芬

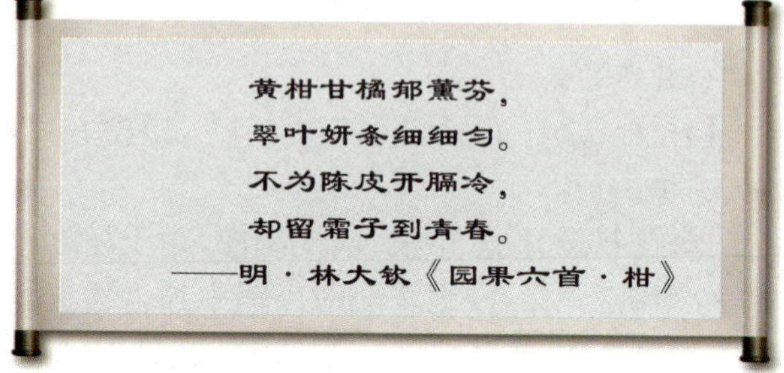

诗人林大钦是潮州人(今广东省潮州市)，潮州气候宜人，四季瓜果飘香，龙眼、梨、柑等都是诗人笔下的尤物，其中最有特色的要数潮州柑。黄柑成熟之际，果香郁郁芬芳，果树翠叶细细密密，明黄、翠绿，色彩明亮，相映成趣。黄柑的果皮经过炮制处理为陈皮，具有理气开膈、温中散寒的功效。潮州著名凉果“九制陈皮”广受欢迎，这种制作工艺在明代已经成熟，可谓历史悠久。即使没有被制作成陈皮，黄柑也能耐得住寒霜，保存到秋冬季节仍然青春不老。这是诗人对潮州柑甘于奉献，朴实坚韧品格的赞颂和喜爱。

广东的陈皮是道地药材，“陈”是时间久的意思，俗话说“一两陈皮一两金”，其价值来自于炮制的功夫和四季的沉淀。新鲜柑皮剥下之后阴干水分，自然晾晒干，收纳储存等待四季的陈化，蒸透、翻晒、防潮，三年寒暑，在岁月中慢慢酝酿，从青涩鲜洌变为醇香浓郁。这香气能入胃醒脾，佐食添香，入药效佳，是药食两用佳品。中医学认为，陈皮味苦、辛，性温，具有理气健脾、燥湿化痰的功效，适用于脘腹胀满、食少吐泻、咳嗽痰多等病症。

现代研究表明，陈皮中含有挥发油、黄酮类、生物碱、类胡萝卜素、维生素 C 等，其中的水溶性生物碱有明显升压作用，能显著降低血脂，减轻肝细胞脂化程度。陈皮提取物具有明显的抗氧化、抗胃溃疡、促进胃液分泌、抑制胃肠道平滑肌痉挛等作用，还能抗菌、抗肿瘤、抵抗紫外线照射。

陈皮瘦肉粥

【材料】陈皮 9 克，佛手 9 克，瘦肉 60 克，粳米 150 克，姜末少许，盐适量。

【做法】陈皮、佛手洗净，放入锅中，加水煎煮，去渣取汁。瘦肉放入沸水中焯去血水，捞出洗净，切丝。粳米淘洗干净，锅中加入适量水，放入粳米煮粥。粥将成时，放入肉丝、药汁、姜末，搅拌均匀，再煮 15 分钟，加入盐即可。

本粥具有理气健脾、和胃解郁的功效。适合脘腹胀满、消化不良、食欲不佳、嗳气打嗝等人群食用。

［陈皮瘦肉粥／夏涵子・杭州］

［陈皮杏仁粥］

陈皮杏仁粥

【材料】陈皮 9 克，杏仁 6 克，粳米 150 克，冰糖适量。

【做法】陈皮洗净，切丝；杏仁洗净，捣碎。粳米淘洗干净，放入锅中，加入适量水，煮粥。粥将成时，加入陈皮丝、杏仁末，搅拌均匀，再煮 5 分钟即可。

本药粥具有化痰理气、利肺润肠的功效。适合咳嗽有痰、胸闷不舒、大便偏干的人群食用。

佛　手

排叶爪痕分翠净

不能摩顶过只园，幻作清芳与世传。
排叶爪痕分翠净，吐葩心骨耀丹妍。
但迷色界空华相，肯悟宗门直指禅。
谁汲野泉临晓浸，瓦瓶插供白衣仙。

——宋·董嗣杲《佛手花》

这首诗表达了作者对佛手花的喜爱之情。万花丛中，佛手花因其淡淡的清芳传世，茎叶分明，根根翠绿，清新雅致的佛手花如“众星揽月”般含苞待放。“但迷色界空华相，肯悟宗门直指禅”一句，借《金刚经》中一句佛语“凡所有相，皆是虚妄”，意指乱花渐欲迷人眼，只有佛手花这般“清芳”才能了悟禅意。捧一弯溪水荡涤浸润佛手花，插在瓦瓶中，供诗人欣赏。全诗有借佛手花咏志之意，表达作者遗世独立、不随波逐流、高洁傲岸、遁世参禅的渴望。

佛手全身都是宝，其根、茎、叶、花、果均可入药，其性温，味辛、苦、甘，入肝、脾、胃三经，有理气化痰、止咳消胀、疏肝和胃等多种功效。久服佛手有保健益寿的作用。据史料记载，佛手的根可治男人四肢酸软；佛手的花和果可泡茶，有消怒气作用；佛手的果可治胃病、呕吐、噎嗝、高血压、气管炎、哮喘等。中医典籍《本草纲目》中记载佛手的果：“煮酒饮，治痰气咳嗽。煎汤，治心下气痛。”

现代研究表明，佛手能够抑制肠道平滑肌，有扩张冠状血管、增加冠脉血流量的作用，高浓度时还具有抑制心肌收缩力、减缓心率、降低血压、保护心肌缺血的功效。此外，佛手具有促进免疫功能、促进巨噬细胞功能、平喘、祛痰等作用，对老年人的气管炎、哮喘病皆有明显的缓解作用；对一般人的消化不良、胸腹胀闷，亦有良好的疗效。

佛手苏梗粥

【材料】佛手 15 克，紫苏梗 6 克，粳米 120 克，白糖适量。

【做法】先将佛手、紫苏梗洗净，水煎取汁，待粳米粥八成熟时，放入药汁，共煮至熟，加入白糖少许调味食。

本药粥具有疏肝理气、温中健脾等功效。适合胁腹胀满、嗳气吐酸、烦躁易怒的人群食用。

［佛手苏梗粥］

佛手山药粥

【材料】佛手 30 克，山药 60 克，白扁豆 60 克，大麦芽 60 克，冰糖 60 克。

【做法】佛手洗净，切丁；白扁豆、大麦芽洗净，清水浸泡 2 小时；山药洗净，切丁。锅中加入适量水，放入佛手、山药、扁豆、大麦芽共同煎煮，待粥成时加入冰糖调味即可。

本药粥具有益气开胃、渗湿健脾之功效。适合食欲不振、脘腹胀满、便溏腹泻的人群食用。

香　橼

犹有残英落砌鲜

林径无人尽日闲，幽禽时弄语关关。
胡床坐对斜阳影，咏得禽言一破颜。
雨压乔柯覆短檐，绿阴深处枕书眠。
繁花十日风吹散，犹有残英落砌鲜。

——明·彭年《庭前香橼花日遇雨口占二首》

本诗描写的是庭前闻啼看花的闲适生活：林间小径无人来，清幽鸟儿窃私语，坐在床边，刚好落入夕阳的余晖中，独自享受闲暇时光。听着鸟鸣，学它们鸣叫，有趣的回应不禁让自己破颜微笑。密密的春雨如烟如雾，压在树枝上，覆盖着窗外的屋檐，绿阴深处书房里的人枕书而眠，香橼树上的繁花日日被风吹散，想必已经落尽了吧，但屋外的台阶上仍然散落着新鲜的花朵。绿荫鸟鸣、细雨繁花，诗人描绘的景象唯美惬意。落英缤纷的香橼，花美果香，秋季果实成熟时，又是一幅自带香气的美妙画面。

香橼与柠檬是近亲，香味相似，但略有区别。新鲜的香橼香气浓郁，我国不少地区的人们喜欢在庭院里栽种香橼树。香橼果实成熟后，采摘下来经过简单加工，用糖煮制成香橼蜜饯，装入罐中密封，可以保存较长时间，是一道精美甜点。香橼还可入药，其味辛、微苦、酸，性温，具有疏肝解郁、理气宽中、化痰止咳的功效。《本草便读》记载："香橼皮，下气消痰，宽中快膈。"香橼芳香悦胃，是药膳的理想材料，入粥食疗，不仅能发挥它的独特功效，还能用粥油的滋养弥补其香燥伤阴的瑕疵，可谓相得益彰。

香橼成熟果实中含有橙皮苷、枸橼酸、苹果酸等。药理研究表明，香橼中所含的橙皮苷具有抗炎作用，能增加肾上腺、脾及白细胞中的维生素 C 含量，还有抗病毒以及预防冻伤的作用。

香橼陈皮粥

【材料】香橼 9 克，陈皮 9 克，粳米 150 克，冰糖适量。

【做法】香橼、陈皮洗净；粳米淘洗干净，浸泡 1 小时。锅中加适量水，放入香橼、陈皮，煎煮 2 次，去渣留汁。将粳米加入药汁中，煮粥，粥成时加入冰糖调味即可。

本粥具有理气和胃、健脾祛痰的功效。适合脾胃气滞痰阻引起胃脘饱胀、食少痰多、嗳气频频、食欲不振等人群食用。

[香橼陈皮粥]

香橼瘦肉粥

【材料】香橼 9 克，山楂 6 克，瘦肉 150 克，大米 150 克，葱、姜、盐适量。

【做法】香橼、郁金洗净；瘦肉洗净，切丝；大米淘洗干净，浸泡 1 小时。锅中加适量水，放入香橼、山楂，煎煮 2 次，去渣留汁。大米放入药汁中，煮沸，加入瘦肉、葱、姜共煮粥。粥成加入食盐调味即可。

本药粥具有疏肝解郁、增进食欲的功效。适合肝胃不和引起食少纳呆、多愁善感、急躁易怒、胁肋胀痛等人群食用。

荷　叶

翠幢鼎鼎生香

冷彻蓬壶，翠幢鼎鼎生香。
十顷琉璃，望中无限清凉。
遮风掩日，高低衬、密护红妆。
阴阴湖里，羡他双浴鸳鸯。
猛忆西湖，当年一梦难忘。
折得曾将盖雨，归思如狂。
水云千里，不堪更、回首思量。
而今把酒，为伊沉醉何妨。
——宋·赵长卿《新荷叶·咏荷》

这首诗描绘了一幅十分美丽的画面。诗人仿佛正置身于碧水潋滟、荷绿花艳的荷林之间，暑气顿减，凉意渐生，乡愁萌发，对诗意盎然的荷塘不禁充满了向往。荷叶亭亭玉立，高低相错，掩护着荷花；湖面上，鸳鸯结伴成双。诗人遥想当年西湖，一梦难忘，采取一片荷叶遮雨，狂奔回乡。如今相隔千里，再也不堪回首思量，只能把酒狂欢，深深地沉醉在梦中。

提起荷叶，最先想到的便是“接天莲叶无穷碧”“莲叶何田田”等画面。然而，荷叶不仅有观赏价值，也具有较高的药用价值。中医学认为，荷叶具有消暑利湿、健脾升阳、散瘀止血的功效。《本草通玄》载荷叶能够“开胃消食”，可作为烹饪原料，其清香可为菜肴增味解腻，故在很多地方都可以见到荷叶饭的身影。可见自古以来荷叶便是瘦身良药。

现代研究表明，荷叶能促进胃液分泌而助消化，能有效溶解脂肪而助减肥。因此，荷叶多用于肥胖症和血脂异常的治疗。此外，荷叶还具有抗氧化、抗肝纤维化等多重作用。

荷叶莲藕粥

【材料】新鲜荷叶1片，莲藕60克，粳米120克，冰糖30克。

【做法】新鲜荷叶洗净，放入锅中，加水煎汤，去叶取汁；莲藕去皮，洗净切丁；粳米淘洗干净后放入荷叶汁中，武火煮沸，加入莲藕丁，文火继续熬煮成粥，加入冰糖调味即可。

本药粥具有清暑、降脂的功效。适合因夏季暑热引起头晕恶心、食少腹胀的人群食用。

[荷叶莲藕粥/君君·苏州]

荷叶山楂粥

【材料】荷叶1片，山楂6颗，六神曲30克，糯米120克，冰糖30克。

【做法】山楂洗净，去籽；六神曲切块；糯米淘洗干净，放入水中浸泡2小时；荷叶洗净。锅中倒入适量水，放入荷叶，文火煎汤10分钟，捞出荷叶，放入糯米、山楂、六神曲，武火煮沸，转文火继续熬成粥，调入适量冰糖即可。

本药粥具有健脾开胃、消食导滞的功效。适合脾胃虚弱、饮食积滞、胸膈痞满、消化不良的人群食用。

果部

银杏

上敛肺金，下行湿浊

木部

松花粉

松粉泥金初染就

谁道鹅儿黄似酒。 对酒新鹅，
得似垂丝柳。 松粉泥金初染就。
年年春雪消时候。 一缕柔情能断否。
雨重烟轻，无力萦窗牖。
试看溪南阴十亩。

——元·张雨《蝶恋花·谁道鹅儿黄似酒》

诗中的“鹅黄酒”传承于唐宋时期，因酒色似鹅黄而得名。本诗首句对鹅品酒，与唐代诗人杜甫《舟前小鹅儿》的“鹅儿黄似酒，对酒爱新鹅”相映成趣。松树上的花粉似金泥染就，每年春雪消融时，它总会送上缕缕清香，绵远轻柔。蒙蒙烟雨沿着窗檐坠落，朝外望去，溪水之南，绿荫十亩，美景如画。从对酒鹅黄到松花金粉，诗人用一抹靓色，在朦胧翠墨中点亮了整首词的意境。松花粉不仅色美香幽，还有很好的食用和药用价值。

每年春季，松树的松针之间会开出一簇簇黄色的花。花穗干燥后，散落下来的粉，就是松花粉。松花粉的功效在唐代已有记载，《元和纪用经》中的“松花酒”可治风眩、头旋肿痹、皮肤顽急等症。《本草经解》解释道：“松花，味甘益脾，气温能行，脾为胃行其津液，输于心肺，所以润心肺也。益气者，气温益肝之阳气，味甘益脾之阴气也。风气通肝，气温散肝，所以除风。脾统血，味甘和脾，所以止血也。”松花粉入药具有祛风益气、收湿止血的作用。

现代研究表明，松花粉营养丰富，食用价值很高，其主要成分是蛋白质、氨基酸、糖类及脂类，并且含丰富的维生素、黄酮类化合物、磷脂、核糖和钾、镁、钙、铁、磷、硒等多种矿物质。在松花粉所含的维生素中，B 族维生素及维生素 C 最为丰富。药理研究表明，松花粉最显著的功效是增强机体的免疫力。

松花陈皮粥

【材料】松花粉 3 克，陈皮 9 克，粳米 150 克，白糖适量。

【做法】陈皮洗净，切碎；粳米淘洗干净。锅中加入适量水，放入陈皮、粳米，共煮成粥。粥成时，撒入白糖、松花粉，搅拌均匀即可。

本药粥具有理气开胃、强体的功效。适合胃气不和、免疫力差引起食少纳差、胃脘饱胀、嗳气频频、消化不良以及平素容易感冒等人群食用。

松花草果粥

【材料】松花粉 3 克，草果 6 克，瘦肉 150 克，粳米 150 克，生姜末、盐各适量。

【做法】草果洗净，用干净纱布包好，袋口扎紧；瘦肉洗净，切丝；粳米淘洗干净。锅中加适量水，放入草果包煎煮，去渣留汁。将瘦肉丝、粳米、生姜末放入药汁中，共煮成粥。粥成撒入松花粉、盐，搅拌均匀即可。

本药粥具有燥湿止泻、驱寒养胃的功效。适合寒湿侵犯中焦引起胃脘冷痛、恶心欲吐、口泛清水、食少纳呆、大便偏软等人群食用。

桑　椹

嫣红黝紫簇成堆

嫣红黝紫簇成堆，
但摘儿童莫更猜。
说与故园风物好，
玉盘冰醴浸杨梅。
——明·王世贞《摘桑葚作供二绝·其一》

本诗是描写摘桑椹的一首绝句。诗前有序言曰："郧中初夏，樱桃后无它果，惟后庭有老桑二结葚颇繁，指麾儿辈摘尝之，初缩朒不上树，盖南中讳以为俭岁之食，故也。记张天锡自凉州归晋，人或询凉风物，天锡云桑葚甘香，鸱枭革响。又谢公问北味有王甲，云桑葚可比黄柑，恐公不信，候熟时驰骏马采供公，大以为美，云此味佳何黄柑之足儗然，则桑葚固尝比肩名果，荐御王公矣。戏成二绝用以解嘲。"可知诗人作本诗于初夏时节，后庭紫红桑椹成熟，诗人想要让小孩替自己去采摘，就跟他们说桑椹很好吃，像冰糖杨梅一样酸甜可口。诗人以轻松诙谐的语言赞誉桑椹美味。

古代，不少人以养蚕缫丝为生，桑树在庭前院后并不鲜见。如今在现代化城市中，桑树不易找到，但或许是桑蚕文化给人类留下的深刻印记，每到桑椹成熟季节，不少城里人携家带口驱车去桑树种植地采摘品尝，在红果绿荫中，感受田园趣味。桑椹又名桑果，味甘、酸，性寒，鲜可食用，干可入药。如《随息居饮食谱》中说其"滋肝阴，充血液，祛风湿，建步履，息虚风，清虚火"；《滇南本草》中亦说桑椹"益肾脏而固精，久服黑发明目"。总结起来，桑椹具有滋阴补血、生津润肠的功效。

桑椹中含有芪类化合物、黄酮类和多羟基生物碱化合物。药理研究表明，桑椹能增强免疫功能，促进造血细胞生长，还具有抗氧化、延缓衰老、抗诱变及抗癌的作用。

桑椹黄精山药粥

【材料】桑椹 30 克，黄精 15 克，山药 15 克，粳米 150 克，冰糖适量。

【做法】桑椹、黄精洗净；山药去皮，洗净，切片；粳米淘洗后浸泡 1 小时。黄精放入锅中，加水煎煮，去渣取汁。将粳米、山药、桑椹放入汤汁中，加适量水，共同熬煮成粥，最后加冰糖调味即可。

本药粥具有滋阴健脾、益气生津的功效。适合气阴两虚所致头晕乏力、口干食少、内热消渴等人群食用。

［桑椹黄精山药粥］

桑椹菠菜猪肝粥

【材料】桑椹 30 克，菠菜 150 克，猪肝 150 克，粳米 150 克，葱末、姜末、食盐、香油各适量。

【做法】桑椹洗净，菠菜切碎，猪肝煮熟、切成小块，粳米淘洗干净。锅中加水，放入粳米，煮沸 2～3 次，待米开花，放入桑椹、猪肝、菠菜、葱末和姜末，共煮成粥。最后放入食盐、香油调味即可。

本药粥具有养血补血、润肠通便的功效。适合血虚引起头昏眼花、面色无华、失眠心悸、爪甲苍白、须发干枯等人群食用。对于老年人因血虚引起的便秘也有较好的食疗作用。

桑　叶

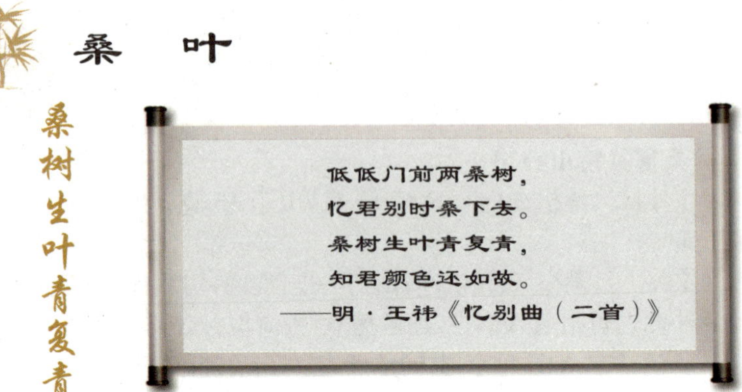

本诗是作者怀念友人的作品，表达了他与友人依依惜别之情。门口两棵低矮的桑树，是故人离别的时候刚刚种下的。随着岁月的流逝，桑树由小苗慢慢长大，树上的叶子由稀到密，冬去春来，桑叶落了，又长出新的，年复一年“青复青”。看着当年亲手种下的桑树，诗人睹物思人，想起了老友，树上的桑叶每年都会茂盛翠绿，友人的容颜是否还与离别那年一样？诗人对故友的绵绵深情，一如树上密密的桑叶，印满心房。古人庭前院后常种桑树，桑叶不仅可以养蚕，还可以入食入药，祛病防疾。

我国的桑蚕生产历史悠久，先民早在 5 000 多年前就开始种植桑树。殷商时期的甲骨文中就有“桑”字，沧海桑田、桑榆晚年、桑弧蓬矢、桑梓之地等成语，说明桑已经融入人们生活中的点点滴滴。对于桑叶，古人还认识到它对人体也有不少治疗作用，《神农本草经》认为桑叶“主除寒热出汗”；《本草经疏》中载：“桑叶，甘所以益血，寒所以凉血，甘寒相合，故下气而益阴，是以能主阴虚寒热及因内热出汗。其性兼燥，故又能除脚气水肿，利大小肠，除风。经霜则兼清肃，故又能明目而止渴。”桑叶具有发散风热、润肺止咳、平肝明目等多种作用。

药理研究表明，桑叶具有降血脂、抗粥样硬化、降血压、抗菌、抗病毒等作用；能够增加体内超氧化物歧化酶活性，从而达到延缓衰老的作用，其中的生物碱及桑叶多糖还能降血糖；可预防现代社会常见的心脑血管疾病。

桑菊薄荷粥

【材料】桑叶 6 克，菊花 6 克，薄荷 3 克，粳米 150 克，冰糖适量。

【做法】桑叶、菊花、薄荷洗净，放入锅中，加水煎煮片刻，去渣取汁备用。粳米淘洗干净，另取锅，加入适量水，熬粥。粥将成时，加入备用药汁，搅拌均匀，加入冰糖调味即可。

本药粥具有疏风清热、润肺的功效。适合风热犯肺引起头痛、口干咽燥、咽痒干咳等人群食用。

［桑杞决明粥］

桑杞决明粥

【材料】桑叶 6 克，枸杞子 15 克，决明子 15 克，粳米 150 克，白糖适量。

【做法】桑叶、决明子洗净，用干净纱布包好，扎紧袋口；枸杞子洗净；粳米淘洗，浸泡 1 小时。将药包放入锅中，加水适量，煎煮。捞出纱布包，将枸杞子、粳米加入汤汁中，共煮成粥。粥成加入白糖调味即可。

本药粥具有平肝明目、润肠的功效。适合肝火偏亢所致头昏头胀、目赤眵多、视物昏花、心烦失眠、大便干燥等人群食用。

山茱萸

秋风台上起高歌

秋风台上起高歌，
把酒看花意已多。
屈轶不生神豸死，
结茱为佩欲如何。
——宋·程琳《和答刘夔咏茱萸》

这首诗为北宋诗人程琳写给刘夔的一首诗，他们同朝为官，惺惺相惜。诗中抒发了诗人对朝廷奸佞当道的不满与愤恨。秋天，诗人刚刚下朝，与奸佞政见不合，可惜皇帝根本不管江山社稷，只贪图享乐。想到同僚的境遇，想到自己入朝为官的初心与抱负，想到朝廷的风雨欲来，诗人独自走上高楼，举杯独酌。酒意渐浓，看着百花凋零，在秋日更显悲寥。如果没有像“屈轶”之类的奸臣，也就不需要“獬豸”（古代神话传说中的神兽，能辨是非曲直，能识善恶忠奸）这样的异兽。到那时，是否佩带辟邪的茱萸，又有何用呢？茱萸有山茱萸和吴茱萸，既然都叫做“茱萸”，那应该有一定的相似之处，在古代，两者常难区分，我们这里介绍的是山茱萸。

山茱萸，又称山萸肉，是山茱萸科落叶小乔木植物山茱萸的成熟果肉。最早被人熟知和食用是因其有很好的补肾功效，常用于肾虚引起的头晕耳鸣、腰膝酸软、尿频、遗精、大汗不止等症；其又能固经止血，可用于妇女体虚、月经过多。山茱萸始载于《神农本草经》，被列为中品，历代本草均有收载，李时珍谓：“本经一名蜀酸枣，今人呼为肉枣，皆象形也。”因为山茱萸是一味平补阴阳的药物，所以不论阴虚或阳虚，均可使用。

现代药理研究，山茱萸不仅可以提高免疫力，还具有抗炎、抗菌、降血糖作用，经常食用还可以抗氧化、延缓衰老、保肝。

山萸粳米粥

【材料】山茱萸 15 克，粳米 150 克，蜂蜜适量。

【做法】将山茱萸洗净，剁成细末，放入碗中。粳米淘洗干净，放入锅中，加水煎煮成粥，粥将成时调入山茱萸，再次煮沸，关火，凉至温热后调入蜂蜜即可食用。

本药粥具有补益肝肾的功效。适合肝肾不足、头晕目眩、耳鸣腰酸、小便频数的人群食用。

［山茱萸·浦锦宝摄］

［山萸粳米粥］

山萸猪腰粥

【材料】山茱萸 12 克，山药 30 克，益智仁 9 克，猪腰 1 个，小米 150 克，食盐、生姜适量。

【做法】将山茱萸洗净，切碎；山药洗净，切片；猪腰在沸水中焯，去除血水，切丁；益智仁洗净，打碎；生姜洗净，切丝；小米淘洗干净。锅中加入适量水，放入山茱萸、山药、益智仁，大火煮沸，转小火煮 30 分钟，去渣取汤。在汤中加入小米、猪腰和生姜，熬煮成粥。待出锅时，调入适量食盐即可。

本药粥具有健脾补肾的功效。适合脾肾亏虚、食欲不振、眩晕耳鸣、腰膝酸软的人群食用。

枸杞子

磊落缀丹乳

仙苗寿日月，佛界承露雨。
谁为万年计，乞此一抔土。
扶疏上翠盖，磊落缀丹乳。
去家尚不食，出家何用许。
正恐落人间，采剥四时苦。
养成九节杖，持献西王母。
——宋·黄庭坚《显圣寺庭枸杞》

本诗咏赞的是宁夏永宁县显圣寺庭院里的枸杞。诗人笔下的枸杞，乃仙界之物：它的仙苗与日月同寿，享受着佛界的雨露。这样的宝物神奇至极，若想求长生不老，向树下的一捧土祈求应该就能实现。待仙苗长大，茂盛翠绿的枝叶下面，垂缀着颗颗丹红的果子。此果为仙果，非凡间人能享用，恐怕它落入人间，要遭遇季节的限制和采剥的痛苦，心想赶紧修道成仙，待到枸杞树枝长成"九节杖"的时候，把殊胜的仙果献给天上的王母娘娘。宋代诗人黄庭坚赞誉的仙界圣果枸杞子，如今已走入寻常百姓家，它的滋补功效确实非同一般。

道地的枸杞子出产于宁夏，由于鲜果含糖量高，不易保存，我们常见的多是烘干后的枸杞子。宁夏独特的气候、土质条件，成就了枸杞子的甜美味道。不仅如此，汲取了水土日月精华的枸杞子，也拥有绝佳的补养功效，滋补肝肾、益精明目是它的专长。《神农本草经》中说枸杞子"久服，坚筋骨，轻身不老"，认为它能延年益寿；《景岳全书》记载"枸杞能补阴，阴中有阳，故能补气，所以滋阴而不致阴衰，助阳而能使阳旺"，对它的功效评价也很高。

杞菊地黄粥

【材料】枸杞子 30 克，菊花 9 克，熟地黄 15 克，粳米 150 克，冰糖适量。

【做法】枸杞子、熟地黄洗净；粳米淘洗干净，浸泡 1 小时；菊花用沸水沏茶。锅中加适量水，煎煮熟地黄，去渣取汁。将粳米放入汤汁中煮沸，再放入枸杞子，共同煮粥，粥将成时倒入菊花茶汁，放入冰糖，糖化即可。

本药粥具有益肾填精、滋阴养肝的功效。适合肝肾不足表现为耳鸣、口干、目糊、腰膝酸软等人群食用。

［杞菊地黄粥］

枸杞羊肉粥

【材料】枸杞子 30 克，羊肉 180 克，大米 150 克，生姜片 6 克，料酒、盐、葱段各适量。

【做法】枸杞子洗净；羊肉洗净，切丝，用盐和料酒腌制 10 分钟；大米浸泡 1 小时。锅中加水，放入羊肉、枸杞子、生姜、葱段，共同煮汤 15 分钟，捞出葱、姜，加入大米，共煮成粥，加入适量盐调味即可。

本药粥具有补元阳、益肾气的功效。适合肾阳不足所致畏寒肢冷、精神萎靡、脘腹冷痛、宫寒痛经等人群食用，也可作为冬季粥品补养的不错选择。

酸枣仁

酸枣棠梨莫翁然

指顾枯河五十年，
龙舟早晚定疏川？
还京却要东南运，
酸枣棠梨莫翁然。
——宋·范成大《汴河》

本诗是南宋诗人范成大出使金国途中所见，有感而发创作的一首七言绝句。自北宋灭亡，南宋与金划淮为界，汴河东段入淮河的一段不再作为运道，慢慢荒废。诗人沿大运河北上，途经此地，满目荒滩乱石，不禁感慨，五十年就这样转瞬即逝，皇帝的龙舟何时能在重新疏通的汴河上行驶呢？等到朝廷北伐收复失地的时候，河边的酸枣、野梨就不会像现在这样任意生长了吧？国家终要统一，汴河必然重开，诗人用浅白的词句，表达了浓烈的爱国情怀。汴河主要流经黄淮平原，是酸枣的主产区，因而河边随处可见。诗人眼中杂乱丛生的酸枣树并非一无是处，它的种子酸枣仁作为药食两用佳品，具有独特功效。

秋末冬初，酸枣成熟，除去果肉和核壳，收集种子，晒干，即得酸枣仁。上古时期，神农尝百草，将酸枣仁列为上品，《神农本草经》载："补中益肝，坚筋骨，助阴气，皆酸枣仁之功也。"酸枣仁，味酸甘而性平质润，生用或炒用均可。《本草纲目》载其："熟用疗胆虚不得眠，烦渴虚汗之证；生用疗胆热好眠。"明代医家倪朱谟说酸枣仁"均补五藏"，五藏出现的许多病症"得酸枣仁之酸甘而温，安平血气，敛而能运者也"。由此可见，酸枣仁养心补肝、宁心安神、敛汗生津的功效为古今医家的共识。酸枣仁炒香，香气归脾，可谓药膳粥品的理想材料。

现代药理研究发现，酸枣仁具有显著的镇静和促进睡眠的作用，主要影响慢波睡眠的深睡阶段。同时，酸枣仁还能抗感染、抗高血压、降血脂、抗心律失常。有实验研究表明，酸枣仁对增强免疫和提高学习记忆能力也有积极作用。

枣仁助眠粥

【材料】炒酸枣仁 9 克，柏子仁 15 克，里脊肉 150 克，大米 150 克，干香菇 10 克，食盐、酱油、淀粉、香油适量。

【做法】炒酸枣仁、柏子仁捣碎；大米淘洗干净；香菇泡发、切丝，里脊肉切丝，与香菇一起加入香油、食盐、酱油、淀粉，拌匀。锅中加水，放入大米煮沸，加入香菇、肉丝，共熬成粥，加入酸枣仁、柏子仁搅拌均匀，加盐调味即可。

本药粥具有滋阴助眠、生津润肠的功效。适合津亏肠燥伴有失眠多梦、津伤口渴的人群食用，对阴虚便秘的老年人尤为适合。

枣仁养心粥

【材料】炒酸枣仁 9 克，干桂圆 15 克，干莲子 15 克，大米 150 克，冰糖适量。

【做法】炒酸枣仁捣碎；桂圆、莲子洗净，浸泡 30 分钟；大米淘洗干净。捣碎的酸枣仁用纱布包好，煎两次，去渣，药汁合并，加入大米、莲子、桂圆同煮，粥成加冰糖调味。

本药粥具有养心健脾、补血宁神的功效。适合心脾血虚所致头昏困倦、虚烦不眠、惊悸多梦、食欲不佳、大便时溏等人群食用。

郁李仁

须看成实翠珠排

小树扶疏若剪裁，新英浓淡对山斋。
青红相间垂罗带，华叶同开缀宝钗。
未必无言芳径列，须看成实翠珠排。
禅扃掩映情多感，药谱标题品最佳。
众卉分敷争欲并，三春颜色此谁偕。
谁怜寂寞游观少，便与移根向玉阶。

——宋·苏颂《同赋山寺郁李花》

此诗是北宋药物学家、天文学家苏颂描写同赋山寺中郁李花的作品。郁李树枝繁叶茂而错落有致，好似出自巧手裁剪，新长出的花浓淡相宜，向山中居室开放，翠叶间垂下的花朵就像丝锦的衣带，花开叶间如同镶满珠宝的发簪。美丽的郁李花静静开放，却未必无言，花开过后结成饱满圆润的果实也是它的诉说与表达。郁李的种子郁李仁是上好的药品，能够济世救人，在庄严的禅寺佛门掩映之下，显得慈悲多情。诗人认为，在百花争艳的春天，郁李花的姿色最美，只可惜少有人游览观看，观赏和实用价值皆佳的郁李，应该受到更好的待遇。

诗人笔下的郁李花如丝锦、似宝钗，更值得赞美的是其不仅春华美好，而且秋实更佳，其种子郁李仁是药食两用佳品。深谙药性的苏颂在其著作《图经本草》中详细记载其“木高五、六尺，纸条、花、叶皆若李，惟子小若樱桃，赤色而味甘酸，核随子熟。六月采根并实，取核中仁用”；还收录了前人记载的郁李仁的主治病症，如脚气浮肿、心腹痛、气急喘息、午后痢不止等。书中所说的用法包括捣碎熬米做粥、与干面搅拌为饼等，可见郁李仁早已被视作亦药亦食之品。中医学认为，郁李仁的功效主要为润肺通肠、下气利水。

现代研究表明，郁李仁能够促进小肠蠕动，具有抗炎、镇痛、镇咳平喘的功效。

郁麻糯米粥

【材料】郁李仁 15 克，火麻仁 15 克，糯米 150 克，蜂蜜适量。

【做法】郁李仁、火麻仁炒香捣碎；糯米洗净，放入锅中，加水适量，熬煮成粥。粥成时，加入郁李仁、火麻仁，搅拌均匀，关火。待粥温稍降，加入蜂蜜调味即可。

本药粥具有润肠通便、养血补虚的功效。适合津枯肠燥、大便秘结、腹满胀气的人群食用，尤其适合大便偏干的老年人。

［郁李薏米粥］

郁李薏米粥

【材料】郁李仁 15 克，薏苡仁 30 克，粳米 150 克。

【做法】郁李仁炒香捣碎；薏苡仁、粳米洗净。锅中加适量水，放入粳米、薏苡仁，共同熬煮成粥。粥成时放入郁李仁，搅拌均匀即可。

本药粥具有利水消肿、祛湿畅气的功效。适合胸膈满闷、轻微浮肿、小便不利等人群食用，也是美体减肥者的不错选择。

茯　苓

香韵初浮满竹庭

荷镬穿云得茯苓，作糜从此谢膻腥。
斋厨自启添松火，香韵初浮满竹庭。
时忆紫芝歌旧曲，尚寻黄独制颓龄。
今晨暂辍青精饭，与洁方坛咏《玉经》。

——元·周砥《食茯苓粥》

本诗是元代书画家、诗人周砥食茯苓粥的体会：在云雾缭绕的山林中，挖到了上好的茯苓，用它来做粥，从此谢绝一切膻腥食物。回到厨房中，亲自用松柴点火熬粥，炊烟袅袅，茯苓粥的香韵弥漫在庭院中。此时，诗人不禁想起象征着隐逸避世的紫芝歌，想起还在寻觅中的能使人长寿的黄独（山慈姑）。有了茯苓粥，今晨的青精饭暂停。食毕漱洁，登上道坛，潜心咏颂经书。茯苓粥在诗人笔下显得仙气扑鼻，与周砥平淡清远的诗画风格有关，而食药皆宜的茯苓无疑是其创作的灵感来源。

对茯苓的评价，最早的权威著作要数《神农本草经》，谓其“久服安魂养神，不饥延年”。此后，秦汉至明清，宫廷到民间，茯苓均被视为延寿珍品。从清朝宫廷流传出来的茯苓饼，至今仍是北京名特产，是人们馈赠亲友的佳品。茯苓的名气源于它的功效：“茯苓气味淡而渗，其性上行，生津液，开腠理，滋水源而下降，利小便，故张洁古谓其属阳，浮而升，言其性也；东垣谓其为阳中之阴，降而下，言其功也。”《本草纲目》记载茯苓具有利水渗湿、健脾安神的功效，又因其味淡而气清香，非常适合用作药膳食材。

茯苓是多孔菌科真菌茯苓的干燥菌核，含有茯苓多糖、三萜类等物质。有研究显示，茯苓中的一些成分具有一定的抗肿瘤作用；茯苓总三萜具有抗炎作用；茯苓醇能保护肝脏；茯苓酸和茯苓醇能发挥调节免疫力的作用。

茯苓薏米粥

【材料】茯苓 30 克，薏苡仁 30 克，陈皮 6 克，粳米 150 克。

【做法】将茯苓、薏苡仁、粳米洗净，陈皮切丝。将茯苓、薏苡仁、粳米一起入锅煮粥，粥将成时，加入陈皮丝，煮 5 分钟即成。

本药粥具有利水渗湿、理气通利的功效。适合水湿内盛引起大便溏稀，或者气滞湿阻所致小便不利的人群食用。

［茯苓薏米粥／石妹妹·上海］

茯苓人参粥

【材料】茯苓 30 克，人参 6 克，山药 30 克，粳米、小米各 60 克。

【做法】茯苓、人参、山药洗净，焙干，研成粉末；小米、粳米淘洗干净，放入锅中，加水，武火煮沸，加入人参粉、茯苓粉和山药粉，转文火，熬煮成粥即可。

本药粥具有健脾益气、养胃安神的功效。适合脾胃虚弱引起食欲不佳、完谷不化、便软，或者因心脾气虚出现心神不宁、失眠等人群食用。

淡竹叶

抱节不为霜霰改

翠叶才分细细枝，清阴犹未上阶墀。
蕙兰虽许相依日，桃李还应笑后时。
抱节不为霜霰改，成林终与凤凰期。
渭滨若更征贤相，好作渔竿系钓丝。
——唐·罗邺《竹》

这是一首典型的借竹咏志诗。诗中写道：翠竹才长出披针状细叶，连台阶都无法荫蔽。与竹相比，蕙兰花、桃花、李花争奇斗艳，但是竹子有节，一身傲骨，从不向霜雪低头，最终翠竹成林，结满竹实，得遇凤凰。“渭滨若更征贤相，好作鱼竿系钓丝”一句，借姜子牙典故表达怀才不遇，渴望伯乐能够慧眼识人。除借物喻情之外，此诗也隐喻了就像良相需要贤明君主礼遇一样，良药也需要良医用心甄选，方能发挥最大功效。

淡竹叶，也叫林下竹、山鸡米等。中医学认为，淡竹叶具有清热除烦、利尿通淋的功效，对牙龈肿痛、口腔炎等有很好的疗效。《本草纲目》记载其“去烦热，利小便，除烦止渴，小儿痘毒，外症恶毒。”淡竹叶入食以鲜品为佳，煮粥时宜稀薄。民间多用其茎叶制作夏日消暑的凉茶饮用，广东凉茶中经常会用到它。相传，有次张飞急攻曹操的大将张郃，失败后便指使军士阵前骂阵，张郃坚守不战，并大吹大擂饮酒，张飞与众兵士因骂阵而热病烦渴、口舌生疮，诸葛亮拿出五十瓮佳酿，令军士席地大碗饮酒，张郃果真中了诱敌计，出兵后遭惨败。其实，诸葛亮遣人送的不是佳酿美酒，而是淡竹叶汤，一边诱惑张郃上当，一边为军士们治疗口舌生疮，可谓一箭双雕。

淡竹叶麦冬粥

【材料】鲜嫩淡竹叶 15 克，麦冬 15 克，粳米 120 克，冰糖 60 克。

【做法】将鲜嫩竹叶、麦冬洗净，加清水，煎汁去渣，澄清沉淀。粳米淘洗干净，加药汁，共同熬粥，加入冰糖调味。淡竹叶麦冬粥宜质稀量多，每日 2 次，温热食用。

本药粥具有清热除烦、生津利尿等功效。适合肺热咳嗽、痰多、口舌生疮、牙龈肿痛的人群食用。

［淡竹叶］

淡竹叶生地粥

【材料】淡竹叶 15 克，生地 15 克，粳米 120 克，冰糖适量。

【做法】将淡竹叶、生地放入锅中，加水煎汤，去渣取汁，加入淘洗干净的粳米，熬煮成粥，加入冰糖调味即可。

本药粥具有清热养阴、除烦利尿的功效，适合阴虚火旺、心烦失眠、小便热赤的人群食用。

木部

淡竹叶

味淡兼甜，治病第一

菜部

山　药

蔓引绿萝长

山药依阑出，分披受夏凉。
叶连黄独瘦，蔓引绿萝长。
结实终堪食，开花近得香。
烹庖入盘馔，不馈大官羊。

——元·王冕《山药》

本诗描写了山药生长在庭院篱笆边上，藤蔓爬上篱笆，绿油油的叶子连成片，竟遮盖住了黄颜色的竹篱笆，让它显得势单力薄。它所结的果实叫做“山药蛋”，可以食用。山药开的花很小，很密，但香味不大，走近了才能闻到。等山药成熟的时候，挖出来做药膳吃，味道不输给“大官羊”（北宋京城中用羊肉做的一道菜）。

山药又叫做“薯蓣”。《本草纲目》中记载，因唐代宗名叫李豫，为避讳而改为“薯药”；又因为宋英宗叫赵曙，为避讳又改为“山药”。“薯蓣”为唐宋的两位皇帝让路，成了“山药”。既然称之为“山药”，说明古人对其可食可药的功能有充分的认识。《日华子本草》中说山药“助五脏，强筋骨，长志安神，主泄精健忘”，说明山药有强健五脏和筋骨的作用，而且能够安神，增加智力，防止健忘的发生。

现代药理研究表明，山药中含有蛋白质、维生素、淀粉、钙、磷等人体必需的营养素。山药中的黏多糖，可以刺激和调节人体的免疫系统，有抗肿瘤、抗病毒、延缓衰老的作用。山药中还含大量的黏蛋白，对人体有特殊的保健作用，能防止脂肪沉积在心血管上，保持血管的弹性，阻止动脉粥样硬化过早发生。

山药羊肉粥

【材料】鲜山药150克，羊肉150克，粳米150克。

【做法】将山药去皮，切成小块；羊肉去筋膜，切块。将粳米淘净，下锅，加水煮，待米开花时，先下羊肉，煮沸十几分钟后，再下山药，煮至汤稠肉香即可食用。

本药粥具有益气温阳、滋阴养血、健脾补肾的功效。可作为脾肾两虚人群的食疗补方，尤适合小儿、老年体虚气弱的人群食用。

［山药薏米粥/艾丁·河北］

山药薏米粥

【材料】鲜山药150克，薏苡仁60克，粳米150克，大枣30克。

【做法】先将薏苡仁提前浸泡一晚，山药去皮、切成小块，大枣洗净。将粳米、薏苡仁淘净，下锅，加水煮，待米开花时，下山药、大枣，煮至汤稠、香气出即可。

本药粥具有健脾补气、祛湿止泻的功效。适合由脾胃气虚导致消化不良、大便溏软、小便不利等人群食用。

百　合

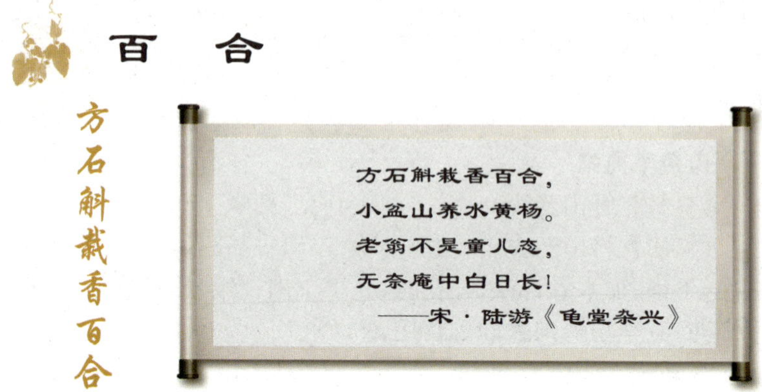

诗题中的“龟堂”，就是陆游的居堂名，即陆宅中的东厢房，陆游自号“龟堂老人”。“方石”指盆景“方寸之间，缩龙成寸”的制作手法；“斛”是“小”的意思；“方石斛栽”的意思是用一方凹石，略置土泥，栽培百合花，是文房清供盆景的常见做派；用小花盆，配置假山奇石，上面栽植水黄杨，精致雅趣，是典型的山水盆景，可见宋时人们栽培盆景的技艺已经非常娴熟。诗人陆游闲兴大发，栽花养草，陶冶情操，也说明：并不是我“老还少”，像儿童一样贪玩，而是打发光阴罢了。最后一句透露出作者有志不能伸达的落寞之情。

百合花的外表高雅纯洁，其清新大方的颜色和宜人的清香，引得不少爱花人士将其购置家中，增添生活色彩。百合的鳞茎一片片抱合而成，被赋予“百年好合”“百事合意”的美好寓意，足见人们对它的喜爱。不仅如此，百合的鳞茎味道甘甜，鲜可食用，干能入药，具有养阴润肺、清心安神的功效。《日华子本草》中记载“白百合，安心定胆，益智，养五脏”；清代《本草备要》谓其能“润肺宁心，清热止嗽，益气调中，止涕泪”。当今许多中医师也喜欢用百合治疗肺热咳嗽、心烦失眠等病症。

现代药理研究发现，百合具有镇咳祛痰、镇静、升高白细胞等作用；其所含的秋水仙碱能抑制癌细胞的增殖，从而有抗肿瘤的作用；其富含的多种营养物质能促进机体营养代谢，增强机体抗疲劳、耐缺氧的能力。

百合荸荠粥

【材料】百合 30 克，荸荠 60 克，粳米 150 克，蜂蜜适量。

【做法】百合去杂，洗净，撕成小片；荸荠洗净，去皮，切成小块；粳米淘洗干净。锅中倒入适量水，放入粳米，煮至八成熟，加百合、荸荠，熬煮成粥，关火，待温热时调入蜂蜜即可。

本药粥具有养阴清热、润肺化痰的功效。适合口干、咽痛、溲黄、秋燥干咳、皮肤干燥的人群食用。

［百合麦枣粥／秦清·安徽］

百合麦枣粥

【材料】百合 30 克，小麦仁 30 克，大枣 9 枚，粳米 150 克。

【做法】百合去杂，洗净，掰成片；小麦仁洗净，浸泡；大枣洗净，逐枚掰开；粳米淘洗干净。锅中加入适量水，放入百合、小麦仁、大枣、粳米，共同熬煮成粥即可。

本药粥具有清心安神、和胃助眠的功效。适合心烦寐差、多梦易醒、夜间口干等人群食用。

小茴香

盘中杂莳萝

欲供春脍用，当腊种葱多。
地冻坚冰始，泥干小雪过。
食兼沙韭好，斋奈露葵何。
寸寸慈亲意，盘中杂莳萝。
——清代·屈大均《种葱》

诗人以种葱为题，描绘出一幅悠闲田园生活的画卷。诗人在腊月时种植了许多葱苗，为了春天做菜时能够使用。数九寒冬，大地冰封，等到田里的泥土都干硬，便过了小雪。这时，可以拔一些葱苗做菜，若能够配上一些沙地种的韭菜会更加美味，但奈何家中只有一些莼菜(露葵)。诗人感慨自己所吃的每一种佳肴都饱含了父母的慈爱之情，餐盘中还有一粒粒的小茴香(莳萝)，令人回味无穷。在古代，莳萝指的是小茴香，无论其籽，还是嫩苗，放入菜中都会令人口有余香，还能温里开胃。

无论是小茴香的苗，还是籽，都带有一股清香。在南方，常用它做茴香煮蚕豆，可以下酒，又可以开胃。在北方，常用茴香苗加五花肉，做成饺子馅，包成茴香馅的饺子，食后满口清香。除此之外，小茴香还能做粥、煮汤等，且是一味中药。《开宝本草》说小茴香“主膀胱肾间冷气及盲肠气，调中止痛，呕吐”;《本草从新》记载它“辛平，理气开胃，亦治寒疝”，可见，小茴香具有散寒止痛、理气和中的功效，合理食用能够达到保健防疾的作用。

小茴香中含有3%～5%的挥发油，它的香味即源于此，其中以茴香醚和小茴香酮为主，具有较好的抗感染、抗氧化等作用。

茴香姜枣粥

【材料】小茴香 6 克，生姜片 6 克，红枣 15 克，粳米 150 克。

【做法】小茴香洗净，用干净纱布包裹并扎紧口；红枣洗净，逐枚掰开；粳米淘洗干净，浸泡 1 小时。锅中加适量水，放入小茴香、生姜片，煎煮，去渣取汁。将红枣、粳米放入药汁中，熬煮成粥即可。

本药粥具有理气和胃、驱寒止痛的功效。适合胃寒气滞引起的脘腹胀痛、胸胁不舒、呕吐清水、消化不良等人群食用。

茴香腰花粥

【材料】小茴香 6 克，猪腰 150 克，粳米 150 克，葱、姜、料酒、盐各适量。

【做法】小茴香洗净，用干净纱布包裹并扎紧口。猪腰片开，去筋膜，花刀切块，用料酒腌制 20 分钟，放入沸水中汆烫至腰花翻起，捞出洗净，改刀切碎。粳米洗净，浸泡 1 小时。锅中放入适量水，将小茴香包加入水中煎煮，取出纱布包，将粳米、碎腰花、姜末加入锅中，共熬成粥。粥将成时放入葱末、盐，搅拌均匀即可。

本药粥具有散寒祛湿、强健腰膝的功效。适合寒湿凝聚引起腰酸、腰痛、下肢沉坠、关节屈伸不利以及女性经期腰酸、痛经等人群食用。

马齿苋

马齿叶亦繁

清晨蒙菜把，常荷地主恩。
守者愆实数，略有其名存。
苦苣刺如针，马齿叶亦繁。
青青嘉蔬色，埋没在中园。
——唐·杜甫《园官送菜》

唐代诗人杜甫在夔州(今重庆奉节)时，受到时任夔州都督柏茂琳的照顾，“常荷地主恩”即感谢其送菜之恩。本诗序言“园官送菜把，本数日阙。矧苦苣马齿，掩乎嘉蔬。伤小人妒害君子，菜不足道也。比而作诗”，交待了写作缘由。诗人将“苦苣”“马齿苋”等杂草比喻成小人，“嘉蔬”指代君子，表达自己年老多病而又忧国忧民，远大抱负无以实现的复杂心情。由于创作的需要，马齿苋被视作菜园中的杂草，实际上，它可作为蔬菜，入馔味美，还有较好的保健作用。

随着人们生活水平的日益提高，可供选择的食材也越来越丰富，像马齿苋这样的田间野蔬受到许多城市人的喜爱，不论是酒店宴席，还是居家餐桌，都能见到它的身影。《本草纲目》记载，马齿苋因“其叶比并如马齿，其性滑利似苋，故名”。我国人民自古以来就有食用马齿苋的习惯，如唐《食疗本草》载马齿苋有“延年益寿、明目”之效。马齿苋入药，具有清热解毒、凉血止痢、利尿通淋的功效，也是中医师临证处方中的“精兵良将”。

马齿苋中含有黄酮类、挥发油类、萜类、有机酸、生物碱等多种物质，在降血糖、抗肿瘤、抗氧化、调血脂、抗菌方面都有不错的表现。研究显示，它对实验动物的免疫功能也有一定的增强作用。

马齿苋薏米粥

【材料】鲜马齿苋 60 克，薏苡仁 30 克，粳米 150 克，盐、葱花、素油适量。

【做法】马齿苋洗净，入沸水中焯一下，捞出，切碎。油锅烧热，放入葱花煸香，放入马齿苋，加精盐炒至入味，出锅待用。将粳米、薏苡仁淘洗干净，放入锅内，加入适量水煮熟，放入马齿苋，煮至成粥，出锅即成。

本药粥具有清热利湿的功效。适合湿热内蕴表现为口臭、胃痛、大便溏稀黏腻的人群食用。

【马齿苋】

马齿苋莲藕粥

【材料】马齿苋 30 克，莲藕 150 克，粳米 150 克，红糖适量。

【做法】马齿苋洗净，砂锅内加入适量清水，熬煮，去渣取汁。莲藕洗净，切丁。粳米淘洗干净，浸泡 1 小时。把粳米放入药汁中煮沸，加入莲藕丁，共熬成粥，加红糖拌匀即可。

本药粥具有凉血止血的功效。适合湿热蕴结下焦所致痔疮出血、尿黄的人群食用。

薤　白

甚闻霜薤白

几道泉浇圃，交横落慢坡。
葳蕤秋叶少，隐映野云多。
隔沼连香芰，通林带女萝。
甚闻霜薤白，重惠意如何。
——唐·杜甫《佐还山后寄三首·其三》

《佐还山后寄三首》是杜甫辞官下秦州后，委婉向族侄杜佐求援解决生计问题所作。第一首中"旧谙疏懒叔，须汝故相携"夸奖侄儿的贴心照顾。第二首"白露黄粱熟，分张素有期"盼望侄儿早点寄米来。本诗是第三首，描绘了园圃的小景：几道泉水浇灌，坡上罩着纵横交错的帷幔，秋天到了，叶子由繁变稀，浇地的水洼中倒映着云影，隔壁的水池有菱角，林子里长着松萝。此时，经霜的薤白是最好的，不如与黄粱一起惠赠给我吧。虽然是诉求，但诗作活泼诙谐的风格让对方读来不免会心一笑而又无法拒绝。本诗中的薤白味美效佳，是诗人的最爱。

薤白与葱同属，又叫小根蒜，其鳞茎新鲜时可食，干燥后可入药。关于薤白的名称，有一个传说。相传，有位河南人叫薤白，在京城做官时患胸痹，太医束手无策，让他去伏牛山的丹霞寺找长寿的老和尚求妙方。薤白在寺中常吃一种山小蒜，加上练拳健身，慢慢恢复。回京后，他告知太医，并用山小蒜治好了皇帝的胸痹。皇帝降旨将山小蒜以"薤白"为名。传说可能虚构，但薤白治疗胸痹却不假。薤白味辛、性温，具有通阳散结、行气导滞的功效，《伤寒杂病论》中的瓜蒌薤白白酒汤、瓜蒌薤白半夏汤和枳实薤白桂枝汤皆是治疗胸痹的良方。同时，薤白也是食疗佳品，唐代养生家孟诜说其适合"做羹食之"，认为"学道人常食之，可通神安魂魄"。

现代药理学研究表明，薤白具有解痉平喘的作用，具有抑菌和抗癌活性，还能降血脂，对提高免疫力也有积极意义。

二白瘦肉粥

【材料】薤白 9 克，葱白 15 克，瘦肉 150 克，粳米 150 克，生姜、食盐适量。

【做法】薤白洗净，葱白切段；瘦肉放入沸水中焯，去血水，切丁；锅中添油适量，放入鲜薤白、葱白与瘦肉，翻炒稍许，盛出备用。粳米淘洗干净，放入锅中，武火煮沸，把翻炒好的“二白”和瘦肉放入锅中，一同文火熬煮，粥成加适量食盐调味即可。

本药粥具有理气宽胸、通阳散结之功。适合气机壅滞引起胸闷、心悸、胃脘胀满、腹胀不舒的人群食用。

薤白鸡丝粥

【材料】薤白 9 克，鸡蛋 3 个，人参 6 克，鸡胸肉 150 克，糯米 150 克，生姜丝、食盐适量。

【做法】薤白、人参洗净，切碎；鸡蛋去黄留清；把薤白和人参搅拌在鸡蛋清中备用；鸡胸肉放入沸水中焯，去血水，切丝备用；糯米淘洗干净，放入水中浸泡 1 小时。锅中加入适量水，放入糯米，武火煮沸，加入鸡胸肉、生姜丝，待粥黏稠时加入搅拌好的鸡蛋清薤白人参，再煮 1～2 沸，加入适量食盐调味即可。

本药粥具有益气助阳、行气导滞的功效。适合气虚乏力、气滞腹胀的人群食用。

灵　芝

仙茹必灵芝

松柏托茂林，高不寻太至。
寸乔附太山，未长已千里。
置身患不高，余事安足拟。
游必蓬莱游，栖必昆仑栖。
仙游必祥云，仙茹必灵芝。
凤凰虽自饥，妄食固不回。
痴鸢嚇腐鼠，可笑空自疑。

——宋·利登《杂兴》

诗人利登为宋朝南城望族，早年无意仕途，生活超脱，常与文友聚游登览，赋诗论文。其诗多记叙流离奔走之苦，也触及社会不合理现象，语言质朴自然。《杂兴》这首诗主要借灵芝咏志，表达了作者要游就游蓬莱，要栖必栖昆仑，仙游必有仙云环绕，仙食必吃灵芝的追求。借用凤凰即使饥饿也能坚守自己的底线，鸢鸟虽饱腹吃的却是腐烂的老鼠，表达了作者高洁傲岸的品质和不与世俗同流合污的志向。灵芝在古代被看作神仙的食物，可见其功效不凡。

灵芝，又名瑞草，在《神农本草经》中被列为上品，记载其："山川云雨、四时五行、阴阳昼夜之精，以生五色神芝，为圣王休祥。"灵芝虽然没有传说中的回天再世之力，但其"煮百沸其味清芳，饮之明目、脑清、心静、肾坚"。中医学认为，灵芝味淡、性温，具有滋补强壮、培本固元的功效。现在我们常用的是赤芝和紫芝，《冯氏锦囊秘录》中记载："赤芝应火，善养心神，增智能不忘，开胸膈除结……紫芝应土，咸逐邪益脾，坚骨健筋，悦颜驻色。"

现代研究表明，灵芝富含氨基酸、多肽、蛋白质、真菌溶菌酶等物质，对心脏有较为全面的保护作用，可改善心肌血氧供应，还可降血糖、保肝、延缓衰老、抗感染、镇痛等。

灵芝天麻粥

【材料】灵芝片6克，天麻片6克，大米150克，白糖适量。

【做法】将灵芝、天麻洗净，稍掰碎；大米淘洗干净。锅中加入适量水，天麻、灵芝片浸泡5～10分钟后煎煮，去渣取汁，加入大米煮粥，煮至粥熟后，加入白糖调味即可。

此药粥具有健脑安神、养肝祛风的功效。适合失眠健忘、眩晕耳鸣、神经衰弱的人群食用。

[灵芝]

灵芝甘麦粥

【材料】灵芝片6克，甘草6克，淮小麦仁150克，大枣12枚，冰糖适量。

【做法】将淮小麦仁淘洗干净，冷水浸泡1小时；灵芝、甘草洗净，大枣去核，切丝。将灵芝、甘草用布袋包好，与大枣、小麦一起放入锅中，加入适量水，武火烧开，转文火慢慢熬煮成粥，加入适量冰糖调味即可。

此药粥具有健脾益气、解郁安神的功效。适合乏力纳差、肝气郁滞、情绪低落、更年期综合征、夜寐不安的人群食用。

菜部

山药

能补肺、补肾兼补脾胃

虫部

蜂　蜜

蜂蜜酿成花已飞

蜂蜜酿成花已飞，海棠次第雨胭脂。
园林检点春归也，只有薰风柳带垂。
情默默，恨依依。可人天气日长时。
东风恰好寻芳去，何事驱驰作别离。
——宋·赵长卿《鹧鸪天·春暮》

赵长卿早年在朝堂郁郁不得志，后来辞官归隐，居于江南，遁世隐居，过着清贫的生活。这首诗描绘的是暮春的景色：蜜蜂忙忙碌碌地在花丛中飞舞，一场春雨过后，海棠花艳比胭脂，园林中处处洋溢着春天的气息，和煦的微风穿过杨柳，树影婆娑，迎风起舞。此情此景，诗人心中升起一种感慨，深藏心底不言而喻的感情，随着白昼的逐渐延长而增长。宜人的天气，春光正好，东风不燥，芳菲遍野，还有什么比这更能够驱赶别离的愁绪呢？全诗虽叙离别之事，却无离别之悲，反而描绘了一幅春日生机勃勃之象。

蜂蜜食疗在我国已有几千年的历史。蜂蜜营养丰富，对神经衰弱、高血压、冠心病、动脉硬化、糖尿病、肝病、便秘等都有很好的辅助疗效。早在中医典籍《神农本草经》中就有记载：“蜂蜜安五脏，益气补中，止痛解毒，除百病，和百药，久服轻身延年。”《本草纲目》亦云：“蜂蜜和营卫，润脏腑，通三焦，调脾胃。”公元4世纪，西晋与东晋之交的郭璞在《蜜蜂赋》中写道：“散似甘露，凝如割脂，冰鲜玉润，髓滑兰香。百药须之以谐和，扁鹊得之而术良。”这是对蜂蜜和蜂蜡性质和用途的生动贴切说明。

现代研究表明，常服蜂蜜对于心脏病、肺病、眼病、肝病、便秘、贫血、神经系统疾病、胃和十二指肠溃疡病等都有良好的辅助医疗作用。蜂蜜外用还可以治疗烫伤、滋润皮肤、防治冻伤等。

蜂蜜玉米须粥

【材料】蜂蜜3汤匙，玉米须60克，粳米120克。

【做法】玉米须洗净，切碎，剁成细末，放入碗中；粳米淘洗干净，放入锅中，加水煎煮成粥，粥成时调入玉米须，再次煮沸，关火，凉至温热后调入蜂蜜即可。

本药粥具有滋阴平肝的功效。适合阴虚内热、肝阳偏亢，时有头晕、口干目赤的人群食用。

［蜂蜜玫瑰花粥］

蜂蜜玫瑰花粥

【材料】蜂蜜3汤匙，玫瑰花12克，大米120克。

【做法】将玫瑰花煎汤，过滤取汁备用。将大米淘净，放入锅中，加玫瑰花汁煮粥，待熟时调入蜂蜜，再煮一二沸即可。

本药粥具有美容养颜、润肠通便的功效。适合皮肤干燥、面色不华、大便不畅的人群食用。

虫部

蜂蜜

甘润可以泄泽养正

兽部

阿　胶

千年制胶岂凡材

灵源疑出蛟龙窟，
淑气原从天地贻。
九土所钟惟上品，
千年制胶岂凡材。
炼砂煮石经济事，
丹井药炉亦可哀。
——明·吴铠《阿井胶泉》

本诗是明代的吴铠在游历山东阳谷八景之一“阿井胶泉”时所作的诗。相传，阿井系济水潜流所注，旧泉有九孔，泉窟中住着一条蛟龙，诗的第一句讲的就是这一传说。神奇的阿胶井似乎留存着天地间的神灵之气，是九州大地上的绝佳之处，用井水制成的阿胶也必然是非凡之品。诗人伫立于井旁，看着“炼砂煮石”的场景，不禁感慨，千百年来，丹井源源不断涌出甘洌的井水，药炉火光不熄，熬炼出醇正的阿胶，这样生生不息的丹井和药炉真令人怜惜！而更值得赞叹的是，一代代匠人精心制作名贵药材阿胶，用来救治千千万病人的赤诚之心。

阿胶又称“傅致胶”“驴皮胶”，阿胶的传统制作包括驴皮清洗、煎熬提胶、去渣浓缩、冷凝成形等，选料考究，工序严谨。2 000 多年前的《神农本草经》有阿胶入药的最早记载：“味甘平。主心腹，内崩，劳极，洒洒如疟状，腰腹痛，四肢酸疼，女子下血安胎，久服轻身益气。”后世医家也将阿胶作为补血止血、滋阴润燥的良药。不少养生古籍，如《随息居饮食谱》《遵生八笺》等也有许多含有阿胶的药粥饮食。由此可见，阿胶确实为医家喜用之药物，日常补养之佳品。

现代研究发现，阿胶主要由胶原及其部分水解产物组成，水解产生多种氨基酸，能促进造血功能，抗休克。

阿胶黑米粥

【材料】阿胶 9 克，黑米 150 克，红糖适量。

【做法】将黑米洗净，放入锅中，加水熬粥。待粥将成时加入捣碎的阿胶，边煮边均匀搅拌，煮沸 2～3 次。阿胶完全烊化后，加入红糖调味即可。

本药粥具有滋阴、养血、补虚的功效。适合血虚面色萎黄、虚烦失眠、月经不调的人群食用。

〔阿胶〕

阿胶瘦肉粥

【材料】阿胶 9 克，瘦肉 60 克，粳米 150 克，香葱、生姜各 6 克，料酒、食盐各适量。

【做法】将粳米洗净；阿胶捣碎；瘦肉洗净，切丝，用适量食盐、料酒腌制 15 分钟；生姜切末；小葱切段。锅中加水，放入粳米、阿胶，水开后，放入腌制好的瘦肉丝，加入食盐，搅拌均匀，继续小火熬制 20 分钟。粥成后，加入姜末、香葱即可。

本药粥具有益气、养阴、生津的功效。适合气虚力乏、阴虚内燥引起咳嗽、咽干、皮肤干燥的人群食用。

阿胶井

阿井胶泉出圣药，妇人滋补数阿胶